KB150503

WHAT THE B**K?!
당신이 책 씹어먹는 소리

초판 1쇄 인쇄 2014년 9월 15일
초판 1쇄 발행 2014년 9월 20일

지은이 강용혁, 김미경, 김지승, 박찬일, 백승권, 설혼, 이만교, 임유진, 정은경, 최은주

펴낸곳 엑스북스(xbooks)
등록번호 제2014-000206호
주소 서울시 마포구 와우산로 180 4층 402호
대표전화 02-334-1412
팩스 02-334-1413

ISBN 979-11-953463-0-1 (03800)

이 도서의 국립중앙도서관 출판시도서목록(CIP)은 서지정보유통지원시스템 홈페이지 (http://seoji.nl.go.kr)와 국가자료공동목록시스템(http://nl.go.kr/kolisnet)에서 이용하실 수 있습니다. (CIP제어번호: CIP2014025606)

- xbooks는 출판복합문화공간 X-PLEX의 출판브랜드입니다.

미지수 X의 즐거움 X-PLEX
www.xplex.org
xbooks@xplex.org

WHAT THE B**K?!
당신이 책 씹어먹는 소리

강용혁
김미경
김지승
박찬일
백승권
설 흔
이만교
임유진
정은경
최은주

xbooks

차례

서문 쓴다는 것과 산다는 것

이만교

이만교

좋은 글을 좋아한다. 좋은 글을 읽는 시간을 좋아한다. 좋은 글을 쓴 모든 저자를 좋아한다. 좋은 글을 학생들에게 소개해 주기를 좋아한다. 좋은 글 쓰는 방법에 대해 학생들과 공부하기를 좋아한다. 좋은 글을 쓰고 싶어 하는 사람들과 함께 공부하기를 좋아한다. 무엇보다 언젠가 내가 쓸 수 있는 가장 좋은 글쓰기를 갈망한다.

1.

<글쓰기 공작소>를 처음 시작한 게 2006년 1월, '연구공간 수유+너머'에서였다. 그 후 지금까지 9년째 일반인 수강생들에게 글쓰기를 가르치고 있다. 정확히 말해, 글쓰기를 가르치는 선생 모습을 빌려 계속 글쓰기를 공부하고 있다.

만 스무 살 때 시인이 되고 싶어 처음으로 습작이란 걸 시작했다. 그리고 지금까지 대략 30년 동안 글을 써왔다. 그리고 10년 동안 글쓰기 강의를 이어 왔다. 말하자면 나도 이제 내가 맡은 분야의 전문가인 셈이다.

그러나 아마 모든 분야의 전문가가 그렇듯, 공부를 하면 할수록 분명 아는 것도 많아지는 게 사실이지만, 동시에 그만큼 자기 공부가 많이 부족하다는 것 또한 뼈저리게 깨닫게 된다.

그리고 바로 이러한 깨달음과 재미로 자기 공부를 계속 이어 가게 되는 것 같다.

2.

<글쓰기 공작소> 수강생들은, 대부분 30~40대 일반 직장인들이다. 출판사 직원도 있고, 의사도 있고, 디자이너도 있고, 학교

선생님도 계시다. 대학원생도 있고, 주부도 있고, 증권회사 직원, IT회사 직원도 있다. 실로 다종다양하다.

그들 중에는 소설가를 꿈꾸는 사람도 많고, 그렇지 않은 사람도 많다. 예전에는 소설가나 시인을 꿈꾸는 사람만 글쓰기를 배웠지만, 요즘은 등단 욕심 없이, 읽고 쓰는 공부 자체가 즐거워 혹은 필요해서 참여하는 사람들이 부쩍 늘었다.

물론 아직도 글쓰기를 시인이나 소설가의 전유물로 생각하는 사람들이 많지만, 사실 글쓰기란 다만, 언어를 새롭게 구사하는 일일 뿐이다. 그리고 엄밀히 말해, 언어를 새롭게 구사하고 싶지 않은 사람은 세상에 아무도 없다.

서너 살 꼬마조차 자기가 슬플 땐 얼마나 슬픈지 보다 잘 표현하려 애쓰는 법이다. 동네 할머니도 자신의 답답한 심정을 토로하고 싶을 때는 얼마나 답답한지 보다 잘 표현하려고 여러 과장과 탄식을 동원한다. '창작'이니 '습작'이니 하는 단어를 사용하니까 그렇지, 보다 나은 언어 구사는 모든 이들이 평소 원하는 일이고 시도하는 노력이다.

가령, 점심으로 맛있는 초밥을 먹고 있다고 가정해 보자. 그때 친구가 전화해서 "뭐하고 있어?"라고 물으면 어떻게 대답해야 좋을까? 만약 자랑하고 싶으면 "맛있는 초밥 먹고 있어!"라고 말할 것이다. 그러나 숨기고 싶으면 그냥 "점심 먹고 있어"라고 할 것이다. 좀 바쁜 척하고 싶으면 "식사 중이야"라거나 "이제 끼니 때우는 중이야" 식으로 말할 것이다.

다시 말해 모든 사람들이 평소 일상생활에서부터 문장을 나름 색다르게 고르고 구사하고 있는 것이다.

3.

그러나 대부분 언어를 습관적으로 사용한다. 마치 매일 똑같은 대중교통을 반복적으로 이용하는 것처럼.

하지만 글쓰기는 자신이 직접 운전대를 잡는 일이다. 직접 운전대를 잡으면 차선과 갈림길을 스스로 직접 선택해야 한다. 그러면서 새 지름길까지 알게 되듯, 글쓰기를 배우기 시작하면, 얼마든지 다른 표현이 가능하다는 사실을 알게 된다.

게다가 다르게 표현하면 같은 사건도 다른 사건처럼 다가온다. 가령, 담배 끊기 어렵다는 사실을 말할 때, "금연은 첫사랑 잊는 만큼이나 어려워"라고 표현할 수 있다. 하지만 "금연은 무척 쉬워. 나는 벌써 열일곱 번이나 끊었지!"라고 유머러스하게 너스레를 떨 수도 있다.

또 가령, "피곤해서 죽겠어"라고 습관적으로 말할 수도 있다. 하지만 그보다는 "피곤해서 쉬고 싶어"라고 좀더 담담한 표현을 고를 수도 있다. "요즘은 피곤하니까 잠이 무척 깊고 달아"라고 한결 긍정적으로 말할 수도 있다. 심지어 이상의 「날개」에서처럼 "육신이 흐느적흐느적하도록 피로했을 때만 정신이 은화처럼 맑소"라는 역설적 표현이 가능하다는 사실도 알게 된다.

그래서인지 적잖은 수강생들이 글쓰기 공부를 시작하면서 친구나 동료들과 수다 떠는 게 재미없고 답답해졌다고 토로하곤 한다. 당연하다. 얼마든지 다르게 생각하고 다르게 표현할 수 있다는 사실을 알면서도, 습관적으로 상투적으로 통속적으로 떠들어 대는 것만큼 지루하고 한심한 일도 없는 것이다.

4.

결국 글쓰기를 제대로 배우게 되면 처음 익히게 되는 것은 침묵이다. 왜냐하면 지금까지 해온 말보다, 좀더 다르게, 더 멋지게 표현할 수 있는 문장이 어딘가에 있다는 것을 알기 때문이다. 다시 말해, 지금까지 해온 생각보다 더 멋진 생각이 가능하다는 걸 알기 때문이다.

따라서 침묵은 아무 생각 없는 상태가 아니라, 많은 생각들로 붐비는 상태다. 많은 문장들로 붐비는 침묵의 상태야말로 진정한 침묵이다.

인간은 생각하는 동물이다. 자신의 생각에 따라 우울해지기도 하고 웃음이 나기도 한다. 그런데 보다 멋진 생각을 떠올릴 수 있다면 어떻게 그것을 마다하겠는가. 그 자체가 보다 멋진 사람이 되는 지름길일 텐데!

스카프 하나를 매도, 매는 방식에 따라 사람이 전혀 달라 보이곤 한다. 글쓰기 공부란 이제까지와는 다르게 생각하고, 다르게 표현하여, 이제까지와는 다른 사람이 되어 보려는 연습이다.

마치 직접 운전을 하면 자기도 모르게 새 길로 가보게 되듯, 글쓰기를 직접 해보면, 인생을 습관적으로 바라보지 않고, 이렇게도 생각하고 저렇게도 생각하게 된다.

스스로 이렇게도 생각해 보고 저렇게도 생각해 보는 것은, 조금 귀찮고 성가신 일이지만, 그러나 이렇게 해야만, 우리는 보다 멋진 자기만의 생각에 이를 수 있다.

내게는 이것이 9년 동안 쉬지 않고 <글쓰기 공작소>를 진행하면서 스스로 글쓰기 공부에 열중하는 가장 큰 이유다. 처음엔 시인이 되려고 글쓰기를 배웠다. 시인으로 등단한 다음엔 소설가가 되려고 글쓰기를 공부했다.

그러나 지금은 한 사람의 작가이기 이전에, 자유롭게 생각하는 사람이 되기 위해, 무엇보다 나 자신만의 멋진 생각에 이르기 위해 글쓰기를 공부하고 있다.

5.

평소 사람들은 언어를 정말 이상하게 사용한다. 내가 볼 때 거의 모든 사람들이 일종의 '언치'(言癡)여서 그런 것 같다.

음치는 음감이 부족한 사람이다. 반면 언치는 언어적 감수성이 부족한 사람이다. 음치가 휘파람을 불면서, 자신은 모차르트 소나타를 불었다고 생각하지만, 옆에서 듣는 사람은 흘러간 옛날 가요를 흥얼거린 줄 안다. 언치도 마찬가지다. 자신은

"나는야, 한 여자가 좋아!"라고 순정하게 말했다고 생각하는 순간, 듣는 사람에겐 "나는 야한 여자가 좋아!"라고 들리는 식으로 언어를 구사하기 일쑤다.

또 가령, "놀이터에서 노는데 신발에 모래가 들어가서 불쾌했어"라고 말할 수 있다. 이 문장엔 별다른 문제가 없는 듯하다. 하지만 "신발에 모래가 들어가서 불편했어" 정도의 표현이 합당하다. 신발에 모래가 들어가면 불편할 수는 있다. 그러나 불쾌하게 여길 필요까지는 없는 것이다.

또 "벌레가 무서웠어"라는 표현보다는 "벌레가 징그러웠어" 정도가 합당한 표현이다. 벌레를 징그러워할 수는 있지만, 그것을 무서워할 필요까진 없는 것이다. 또 가령, "나는 로맨스 영화가 싫어"라는 표현보다는 "나는 로맨스 영화에는 별다른 관심이 없어" 정도의 표현이 적합하다. 특정 영화 장르에 관심을 갖지 않을 순 있지만, 애써 싫어할 필요까지는 없는 것이다.

자신이 느낀 사실보다 너무 과장되게 표현하면 그러한 과장된 표현 자체가 삶을 더 지난하게 만든다. 문제는 사용하는 언어다. 이것은 마치 오래 걸어서 힘든 게 아니라, 발에 맞지 않는 사이즈의 구두를 신고 걸어서 힘든 경우와 같다. 그런데도 사람들은 유치하고 과장된 상투적 표현을 아무렇게나 사용한다.

물론 이러한 사용이 별다른 문제를 일으키지 않을 수도 있다. 그러나 이러한 언어 혼동이 매 순간마다 자기 마음 안에서 벌어진다고 상상해 보라. 마치 첫 문장부터 마지막 문장까지 거의 모든 문장에 교정 밑줄이 그어지는 초보 습작생의 글처럼, 결국 매 순간 얼마간의 착오를 감수하지 않을 수 없을 것이다. 결국 그에 따른 결과는, 문장 훈련이 부족한 습작생의 앞날만큼이나 암담할 수 있다.

6.

가령 어느 심리 연구소에서 다음과 같은 실험을 했다.

A와 B, 두 그룹의 참가자들에게 자동차가 충돌하는 똑같은 장면의 비디오를 보여 주었다.

그런 다음 A그룹에게는 다음과 같이 물어보았다.

"두 차가 정면으로 들이받았을 때 얼마의 속도로 달리고 있었을까요?"

그러자 평균적으로 시속 60킬로미터 정도인 것 같다는 대답이 돌아왔다.

반면 B그룹에게는 "두 차가 서로 닿았을 때 얼마의 속도로 달리고 있었을까요?"라고 질문했다.

그러자 똑같은 장면을 보았음에도 평균 시속 50킬로미터 정도라고 답했다.

이후 참가자들에게 두 차가 깨진 유리 조각을 보았는지 질문했다.

실제로는 유리 조각이 없었음에도 불구하고, 유리 조각을 보았다고 답한 사람의 수가 B그룹보다 A그룹에서 세 배나 많았다고 한다.

"들이받았다"라는 표현과 "닿았다"라는 표현의 차이 때문에 사람들이 서로 다르게 예측한 것이다.

일어난 사건 못지않게 그것을 표현한 언어가 강한 영향을 끼친 것이다.

7.

실제로 다음과 같은 언어 사용은, 단지 단어 하나의 차이인데도 불구하고, 더없이 큰 사회적 문제를 일으키고 있다. 가령, 어떤 역사 교과서에서 "일본이 조선을 침략했다"라고 하지 않고 "진출했다"라는 표현을 썼다고 한다. 또 "의병을 학살했다"라고 쓰지 않고 "소탕했다"라고 썼다. 단어 하나만 바뀌었을 뿐이지만, 이러한 단어 사용은 얼마나 위험한가.

그럼에도 우리 사회의 단어 사용은 무척 혼란스럽다. 가령, 지난 대통령 선거에서 중립을 지켜야 할 국가정보원이 암암리에 개입했다. 그리고 별다른 사과도 하지 않았다. 정의구현사제단이 이것을 문제 삼았지만, 도리어 사제단을 종북으로 모는 분위기였다. 이러한 사태를 두고 어느 일간지에서는 다음과 같은 제목을 뽑아 보도했다. "트윗으로 증폭된 '정권 정통성' 시비, 안보로 정면 돌파"(『세계일보』, 2013.11.26.).

위 제목은 얼핏 사실 그대로 보도하고 있는 것 같다. 하지만 가만히 읽어 보면 단어 선택에 있어 어딘가 미심쩍다. 어디가 미심쩍은가. 같은 사태를 두고도 다음과 같은 시각으로 바라볼 수 있다. 즉 "조직적 관권 개입으로 드러난 부정 선거에 대한 국민적 저항, 종북으로 몰아가기".

이 문장을 위 제목과 비교해 보라. 두 문장은 같은 사건을 두고 전혀 다른 단어로 표현함으로써 전혀 다른 팩트인 양 다루고 있다. 이렇게 단어 선택의 차이에 불과하지만 얼마나 다른 의미로, 다른 방향으로 읽히게 되는가.

기자가 단지 한두 단어만 임의적으로 사용하는 게 아니라 거의 모든 단어를 바꿔 사용하게 되면, 과연 독자가 그 기사를 읽고 제대로 현실을 직시할 수 있을까.

8.

이렇듯 같은 사건도 다른 언어로 표현할 수 있고, 다른 언어를 사용하면 다른 사건이 되어 버린다.

다시 일상 언어로 돌아와 비교해 보자. "그가 승용차를 시승하고 있다"라는 표현과 "그가 중고차를 몰아 보고 있다"라는 표현은, 중고 승용차를 운전해 보고 있는 똑같은 사실을 표현한 문장이더라도, 전혀 다른 느낌 다른 사건처럼 다가온다.

이런 일이 우리 일생에 걸쳐 우리 마음속에서 수시로 일어난다. 이것이 앞서 예를 든 것처럼 "벌레가 무서웠어"와 "벌레가 징그러웠어" 정도의 차이라면 심각하지 않다. 또 "나는 로맨스 영화가 싫어"와 "나는 로맨스 영화에는 별다른 관심이 없어" 정도의 차이라면 역시 심각한 문제를 일으키지 않는다.

그러나 매우 큰 차이를 일으키는 경우도 흔하다. 가령, "지금 다니는 직장을 그만두고 싶어"라는 말과, "지금 하는 분야의 일을 그만하고 싶어"라는 말에는 얼마나 큰 차이가 있는가. 또 "나는 결혼 제도에 얽매이고 싶지 않아"라고 말하는 것과 "나는 자유로운 영혼이고 싶어"라고 선언하는 것, 그런가 하면 "나는 유부남을 사랑해"라고 말하는 것에는 얼마나 큰 차이가 있는가. 또 "나는 질서를 존중해"와 "나는 지시대로 따르는 걸 좋아해"라는 문장은 얼마나 다른 의미를 불러일으키는가.

또 가령, "고통스럽지만 뛰어난 글을 썼다"라는 인식과 "고통스러운데도 불구하고 뛰어난 글을 썼다"라는 인식, 그리고 "고통이 불러일으키는 명민함으로 뛰어난 글을 썼다"라는 인식 간에는 얼마나 큰 차이가 존재하는가.

9.

대부분의 사람들은 자신에게 고를 수 있는 외출복이 많지 않다는 사실에 대해 속상해한다. 하지만 평생토록 유치하거나 과장되거나 잘못되었거나 너무 빤한 언어 표현 속에 갇혀 살아가는 것에 대해서는 속상해할 줄 모른다.

글쓰기 공부란, 자신에게 가장 어울리는 단어나 표현을 찾아내는 연습이다. 이것은 화장법이나 옷을 마음대로 고르는 것 그 이상으로 의미심장한 작업이다.

그럼에도 적잖은 사람들이 엄두를 내지 못한다. <글쓰기 공작소>를 찾아온 수강생들 중에도 글쓰기에 겁을 내는 사람들이 적지 않다.

적잖은 수강생들이 내게 묻곤 했다.

"글을 잘 쓰려면 타고난 재능이 있어야 하지 않을까요?"

그렇지 않다. 글쓰기란 장기자랑 같은 게 아니다. 다만, 보다 나은 생각, 보다 나은 문장을 고르는 일이다.

10.

그렇다면 사람들은 언제 보다 나은 생각, 보다 나은 문장을 고르려고 애쓸까.

배부르고 여유 있을 때는 이러한 수고를 하지 않는다. 도리어 그 반대의 경우에 이러한 노력을 기울이는 법이다.

한번은 뛰어난 작가들의 전기만을 작정하고 읽어 본 적이 있다.

발자크, 프루스트, 도스토옙스키 등과 같은 19세기 작가부터, 내가 특히 좋아하는 마르케스, 보르헤스, 필립 K. 딕과 같은 현대 작가들 생애까지 일별해 보았다.

그리고 느낀 점을 SNS에 다음과 같은 농담으로 올린 적이 있다.

요즘 나는 매혹적인 작가들 전기를 살펴보고 있다. 이들 전기를 읽으면서 내가 이들보다 확연히 부족한 점들이 있었는데 그것은 재능이 아니라, 대충 다음과 같다. ① 빚 ② 죽을 뻔한 위기 ③ 인간관계의 불화 ④ 공부 ⑤ 여자.

비록 농담투로 해본 말이지만, 작가들의 전기를 읽고 느낀 가장 중요한 사실이기도 하다. 위에서 말한 특성 중 서너 가지는 거의 모든 작가에게서 나타나는 공통점이다. 그들은 한결같이 새로운 모험, 아픔, 상처, 사랑, 공부에 자신을 쏟아부은 사람들이다.

사실 우리가 존경할 만한 어떤 사람의 생애를 가만히 들여다보면, 그는 반드시 우리보다 더 많은 고통을 감내한 사람이다. 우리보다 더 많은 고통을 감내하지 않으면 우리는 그 사람을 존경할 마음이 별로 생기지 않는 법이다.

그럼에도 우리는 우리 삶에 기꺼이 고통을 지불하려 하지 않는다. 그리고 엉뚱한 핑계를 댄다. 경제적으로 힘들어서, 시간이 부족해서, 연애가 잘 안돼서……. 뛰어난 작가들 역시 바로 그와 같은 이유로 글을 썼는데 말이다!

11.

내가 꿈꾸는 유토피아는 모든 사람이 글쓰기 공부를 하는 세상이다. 보다 나은 생각, 보다 나은 의미를 찾는 일을 우리 각자가 스스로 하지 않는 한, 좋은 세상은 결코 오지 않을 것이기 때문이다.

나는 우리 국민들이 지금과 같은 독서량과 지금과 같은 언어 구사력으로는 결코 바람직한 나라가 쉬이 건설되지 않을 거라고 확신한다.

사람들이 언어의 혼란에 빠져 있는 한, 제도가 바뀌어도, 정권이 바뀌어도, 기술이 아무리 발달하고 세월이 아무리 흘러도, 보다 나은 세상은 오지 않을 거라고 나는 확신한다.

모래가 들어가 단지 "불편하다"라고 하는 것과 "불쾌하다"라고 말하는 것은 비슷하지만 다르다. "중고차를 모는 것"과 "중형차를 시승하는 것"은 전혀 다른 뉘앙스를 풍긴다. "유부남을 좋아하는 것"과 "자유로운 영혼으로 사는 것"은 공통점이 있을 수 있지만 전혀 다른 사건이다. "조선 침략"과 "조선 진출"은 상극적인 역사 해석이다.

언치는 일종의 초보 운전자와 같다. 도로 주행을 처음 배울 때 누구나 당황한 경험이 있을 것이다. 빨리 가라고 해서 빨리 가면 너무 빨리 간다고 나무라고, 천천히 가라고 해서 천천히 가면 너무 천천히 간다며 나무란다.

처음엔 강사가 그러는 이유를 잘 구분하지 못한다. 하지만 똑같이 저속으로 달린다 해도, 겁을 먹고 달리는 것과 여유를 가지고 달리는 것은 다르다. 고속으로 달려도, 조급하게 달리는 것과 신속하게 달리는 것은 다르다.

하지만 초보 운전자는 이것을 제대로 구분하지 못한다. 차분한 운전은 괜찮지만 겁을 집어먹은 운전은 곤란하고, 신속하게 달리는 건 나쁘지 않지만 조급하게 운전하는 건 위험하다.

언어 구사력도 마찬가지다. 겁을 먹는 것과 조심스러워하는 것을 구분할 수 있을 때, 빠르게 달리는 것과 덤벙거리며 달리는 것을 구분할 수 있을 때, 어떻게 운전해야 할지 감이 잡히기 시작한다.

결국 언어 구사력이란, 언어를 통해 자기 삶을 하나하나 정확하게 분별해 나가는 일이다. 좋은 책이란 이런 언어 구사력이 뛰어난 문장들로 채워진 책이다. 우리가 어떤 좋은 책을 읽는다는 건, 그 작가가 사용하는 뛰어난 언어 구사력을 배운다는 뜻이다.

그런 점에서 읽기와 쓰기는, 변화를 꿈꾸는 사람이라면 당연히 해야 하는 공부다.

12.

9년 동안 <글쓰기 공작소>를 진행하는 동안, 참으로 많은 수강생들이 다녀갔다. 그들 중에는 등단한 사람도 있지만, 등단에 대한 욕심 없이 꾸준히 읽기 쓰기를 공부하는 사람이 더 많다.

어쨌거나, 그들이 등단을 했든 안 했든, 자신의 언어 구사력이 조금이라도 나아졌다면 — 적어도 자신의 언어 구사력에 문제가 있다는 사실만이라도 알아챘다면 — 나로서는 더없이 기쁜 일이다.

나는 오늘도 읽는다. 좋은 문장을 발견하면 반드시 밑줄을 그어 둔다. 그리고 소리 내어 읽어 보거나 따라 써본다. 그리고 틈을 내어 내 글을 써본다.

이제까지와는 다른 생각, 다른 관점이 느껴지는 다른 문장을 찾아내고자 애를 쓴다.

다른 사람의 책에서든, 내가 쓰는 글에서든, 때로 무릎을 치게 만드는 멋진 문장을 발견하면 그보다 좋을 수가 없다.

그 문장은 그냥 하나의 문장이 아니라, 세상을 다시금 바라보게 만드는 하나의 빼어난 관점이기 때문이다.

하나의 좋은 문장은 하나의 좋은 세계다.

카프카의 말처럼, 언어를 정확하게 사용해서 그 이름을 정확하게 불러야, 그 삶이 우리에게 온다, 그것이 삶이라는 마술의 본질이다.

글 쓰고 싶어 하는 부장님

설 훈

설흔

서울에서 태어나 고려대 심리학과를 졸업했다. 『연암에게 글쓰기를 배우다』(공저), 『소년, 아란타로 가다』, 『우정 지속의 법칙』 등을 지었으며, 『멋지기 때문에 놀러 왔지』로 제1회 창비청소년도서상 대상을 받았다.

1.

낯선 번호가 떴다. 받을까 말까 잠깐 고민하다 받았다. 걸쭉한 목소리를 듣는 순간 눈살이 절로 찌푸려졌다. 그 목소리의 주인공이 내 이름을 말하곤 뒤에다 '반가워'란 단어를 붙였다. 듣는 나로선 전혀 반갑지 않았다.. 반갑기는커녕 황당했다. 그는 내 첫 직장 상사였다. 도련님 정도는 아니어도 대접받고 사는 건 당연한 것으로 알고 자랐던 나는 그를 통해 세상살이의 어려움을 처음으로 깨닫게 되었다. 그런 그가 내게 반갑다고 말하다니 한마디로 말이 안 되는 소리였다. 차마 빈말로도 반갑다고 할 수는 없어서 네, 그러네요, 정도로 얼버무렸는데 곧장 의문이 들었다. 그는 도대체 어떻게 내 전화번호를 안 것일까?

그의 '면상'을 마지막으로 본 건 최소한 12~13년 전이었다. 애니콜이 갤럭시로 변했듯 내 핸드폰도 여러 번 바뀌었고, 그에 따라 번호도 바뀌었다. 예전 번호를 고집하지도 않았던 데다가 번호 변경을 알려 주는 서비스도 신청하지 않았다. 그런데 그가 도대체 어떻게 내 전화번호를 알아낸 것일까? 고민할 것도 없었다. 그가 곧바로 번호 해독의 신묘한 기술을 내게 고했으니. '책'이었다. 그가 도서관에서 책을 보았다는 것이다. 내가 쓴 책을 읽어 본 뒤 출판사에 전화를 했다는 것이다. 나는 내 의사도 묻지 않고 전화번호를 알려 준 출판사를 향해 주먹 한 방을 날리곤 방금 그가 한 말을 생각했다. 듣긴 들었으나 이해가 되지 않았다. 내가 아는 그는 책을 읽지 않는 사람이었다. 책은커녕 보고서도 제대로 해독하지 못하는 사람이었다. 그런 그가 도서관에서 책을 읽고 내게 전화를 했다? 도대체 왜?

주문처럼 '반가워'를 연발하던 그의 입에서 마침내 전화를 건 이유가 불쑥 튀어나왔다. 자기도 글을 쓰고 싶다는 것이다. 책을 내고 싶다는 것이다. 하! 내가 적당한 변명거리를 찾는 동안 그는 모월 모일 모시 모처를 말했다. 그때, 그곳이 어떻겠느냐가 아니라 그 시간, 그 장소에서 보자는 것이었다. 그는 또다시 '반가워'를 덧붙이곤 전화를 끊었다.

2.

프란츠 카프카는 『아버지에게 드리는 편지』라는 책에서 자신이 글을 쓰게 된 이유를 밝히고 있다.

> 제 글은 아버지를 상대로 해서 씌어졌는데 글 속에서 저는 평소에 직접 아버지 가슴에다 대고 원망할 수 없는 것만을 토로해 댔지요. (프란츠 카프카, 『아버지에게 드리는 편지』, 이재황 옮김, 문학과지성사, 1999, 113쪽)

그가 내게 카프카의 아버지 같은 역할을 했다고 말하려는 것은 아니다. 그는 부유한 부르주아였던 카프카의 아버지와는 급 자체가 다른 인간이었다. 교양과는 아예 담을 쌓고 지내는 게 분명한 그는 다양한 방식으로 신입 사원인 내게 세상의 참맛을 알게 해주었다. 내가 올린 보고서를 빨간 볼펜으로 '채색'해 돌려주거나—비록 그 밑줄과 언급들이 내용의 본질과는 하등 관계가 없었고, 그가 지적한 맞춤법 오류는 그 자체가 오류였지만—퇴근 시간이 임박해 새로운 업무를 '하사'하는 등등의 일이야 이 나라에서는 신입 사원에 대한 훈육의 일종으로 받아들여지기도 하니 나로서도 입 꾹 다물고 따를 수밖에 없었다. 그러나 돈 문제에 이르면 이야기는 좀 달라진다. 어느 날 그는 나를 불러 돈을 빌려 달라고 했다. 며칠만 쓰고 갚을 테니 돈을 조금만 빌려 달라고 했다. 그는 과장이었고 나는 신입 사원이었다. 내 연봉의 두 배는 족히 받았을 그가 내게 돈을 '조금만' 빌려 달라고 하는 희비극적인 상황 앞에서 나는 어떻게 했던가? 없다고 했다. 나는 화도 내지 않고 한숨도 쉬지 않고 그저 조용히 없다고만 했다. 할 말은 하고 마는 기개 넘치는 신입 사원이라 그렇듯 똑 부러지게 답한 것은 아니었다. 선배 사원으로부터 사전에 귀띔을 받았기 때문이었다. 분명히 돈을 빌려 달라고 말할 것이니 절대로 빌려 주지 말라는 행동 지침을 전수받았기 때문이었다. 내 가슴은 심히 떨렸지만 다행히 그는 알았다고만 했을 뿐 더 이상의 구차한 모습은 보이지 않았다. '구두' 사건도 빼놓을 수는 없겠다. 당시 내가 속했던 조직은 소비자와의 접촉이 중요했던 곳이어서 강남 모처에 따로 사무실을 얻은 상태였다. 어느 날 본사의 이사가 시찰을 왔다. 시찰 후엔 회식이 이어졌다. 신입 사원인 내게는 별반 관심도 보이지 않던 이사는 회식 말미에 선심 쓰듯 술을 건넸다. 문제는 그 술이 과장인 그의 구두에 담겨져 있다는 사실이었다. 이사는 나를 주시했고, 나는 머뭇거렸다. 과장이 화를 벌컥 냈다. 마지못해 마시려는데 선배 사원이 나지막한 목소리로 속삭였다. 먹는 척만 해. 선배 사원은 늘 옳았으므로 그 말을 따랐다. 사실 고민할 필요도 없었다. 잠깐 나를 주시했던 이사는 자신이 유독 아끼던 여자 대리와 웃고 떠드느라 몹시 바빴으므로. 그 또한 그 대화에 끼어들기 위해 갖은 애를 썼으므로. 나는 안심하고 맥주 컵을 탁자 밑에 놓고 구두의 술을 그리로 옮겼다. 안타깝게도 완전범죄는 아니었다. 돌아간 줄 알았던 그의 시선은 어느새 내게로 돌아와 있었다. 이사는 여자 대리와의 대화에 그를 끼워 주지 않았던 것이다. 덕분에 나는 이사가 화장실에 간 사이에 분노로 가득 찬 그의 일장연설을 들어야만 했다.

그 이후 3년여의 시간 동안 벌어졌던 사건들을 일일이 나열하는 것은 의미가 없다. 아, 다시 말하자. 기실 내가 지나친 사례로 꼽아 언급했던 것들, '돈'과 '구두'는 그 당시의 사회 수준으로 볼 때 조금 심하긴 해도 괴상한 정도까지의 일은 아니었다. 그의 속물스러움 또한 그 시대 평균을 조금 웃도는 정도였지 사이코패스의 수준은 아니었다. 게다가 내가 쓰는 이 글은 그의 치부를 드러내는 데 목적이 있지도 않다. 그렇다면 나는 왜 그와 관련된 사례를 장황하게 쓴 것일까? 답은 이렇다. 그와 함께 3년여를 보낸 후에야 나는 내가 하고 있는 일이 전혀 내게 맞지 않는다는 사실을 깨달았기 때문이다. 나는 다만 시간을 허비하고 있음을 깨달았기 때문이다. 그래서 어떻게 했나? 그의 면상에 사표를 집어던지고 뛰쳐나왔나? 차마 그렇게는 하지 못했다. 미처 밝히지 못했지만 내가 들어간 회사는 '초일류기업'이었다. 온실 속의 화초로 자랐던 나는 실은 그 못지않은 속물이기도 했다. 나폴레옹의 사전엔 불가능이 없지만 속물의 사전엔 결단이 없다. 그럼 나는 어떻게 했나? 속물들이 흔히 쓰는 꼼수를 썼다. 바로 여기서 카프카의 아버지와 그가 만난다. 나는 회사를 떠나는 대신 회사에 엉덩이 붙이고 버티면서 글을 쓰는 길을 선택했다.

3.

글엔 '힘'이 있다. 글을 쓰기 시작하자 그가 사라졌다. 비유적 표현이 아니라 실제로 일어난 사건에 대한 기술이다. 앞으로 더 나아가기 전에 그 당시 내가 썼던 '글'에 대해 잠시 설명하고 넘어가는 게 좋겠다. 글은 글이었으나 글이라고 부르기엔 민망한 것들이었다. 차라리 '헛된 바람'의 모음이라 부르는 게 더 적합하리라. 나는 내가 가고 싶은 나라에 대해 썼다. 내가 다니고 싶은 회사에 대해 썼다. 내가 하고 싶은 일에 대해 썼다. 열 줄도 되지 않는 짧은 글들, 그것들을 나는 주로 회의 시간에 썼다. 회의 시간이 금세 지나갔다는 면에서 볼 때 그 글들은 꽤 유용했다. 내 졸렬한 인식 수준과 헛된 희망에 의지하는 어리석은 마음을 눈으로 확인하게 되었다는 면에서 볼 때 그 글들은 나를 절망하게 했다. 그럼에도 그 졸렬하고 헛된 글엔 '힘'이 있었다.

두 가지 사건이 일어났다. 그는 부서를 옮겼고, 나는 회사를 옮겼다. 속물인 내가 어떻게 '초일류기업'을 뛰쳐나오는 결단을 내렸느냐고 묻고 싶을 것이다. 답은 간단하다. 뼛속 깊이 속물이던 나는 초일류기업을 뛰쳐나오는 우를 범하지 않았다. 내가 다니던 초일류기업은 이 나라 대개의 초일류기업이 그렇듯 '재벌가'의 것이었다. 하여 나는 회사를 뛰쳐나오는 대신 재벌가 산하의 다른 회사에 지원하는 '글'을 썼고, 그 결과 회사를 옮길 수가 있었던 것이다. 그렇다면 그가 사라진 새 회사는 어떠했나? 글을 써서 옮긴 회사는 내게 무엇을 주었나?

결론부터 말하자면 똑같았다. 그의 자리는 또 다른 그가 채웠고, 새 회사는 지난번 회사와 이름만 달랐다. 나는 새 회사에서 하고 있는 일 또한 나와 맞지 않는다는 사실을 깨달았다. 지난번엔 3년여 만에 깨달았지만 이번엔 1년도 걸리지 않았다. 뫼비우스의 띠에 올라탄 것도 아닌데 또다시 같은 상황에 마주하게 된 것이다. 회사를 그만둔다는 생각은 여전히 내 머리에 존재하지 않았던 까닭에 나는 이번에도 '글'에서 돌파구를 찾기로 했다. 다만 새로 쓰는 글은 전에 썼던 '헛된 바람'의 모음과는 다른 것이어야 했다. '헛된 바람'의 모음도 나름 유용했지만 그 유용성엔 분명 한계가 있었다. 그 정도 유용성으로는 더 이상의 '힘'을 기대하기는 어려웠다. 그러므로 회사에서 버티기 위해서는 그보다는 더 본격적인 글, 이를테면 '소설 같은 긴 글'을 써야만 했다. 두 가지 문제가 있었다. 한 번도 '소설 같은 긴 글'을 써본 적이 없다는 것이 첫번째 문제였고, 회사원인 내겐 '소설 같은 긴 글'을 쓸 시간이 없다는 것이 두번째 문제였다. 첫번째 문제는 간단히 해결되었다. 내가 쓰려는 건 '소설 같은 긴 글'이었지 '소설'이 아니었다. 내가 원하는 건 '헛된 바람'의 모음보다 훨씬 더 긴 글이었지 '소설'은 아니었다. 그러므로 문제는 실은 두번째 것, 하나뿐이었다. 그런데 그 문제의 해결은 지극히 간단한 것이었다. 회사원인 나는 실은 글을 쓸 시간이 굉장히 많았으니. 의아한 이들도 있을 테니 이 대목에선 마루야마 겐지의 글을 인용하는 게 좋겠다.

> 회사의 근무시간 중에 쓰자는 생각을 한 것은 지극히 자연스러운 결론이었다. (마루야마 겐지, 『산 자의 길』, 조양욱 옮김, 현대문학북스, 2001, 105쪽)

그러나 나는 앞서도 말했듯 기개 넘치는 인간이 아니었다.

근무시간 중에 일을 하는 척하고 글을 쓸 만큼 배짱 있는 인간이 아니었다. 그럼에도 마루야마 겐지를 인용한 까닭은 무엇인가? 내가 택한 건 일종의 절충안이었기 때문이다. 나는 회사에서 글을 쓰기로 마음을 먹었다. 단 근무시간이 아닌 근무하기 전의 시간을 활용하기로 했다.

나는 글을 쓰기 위해 아침 일찍 출근을 했다. 아무도 없는 사무실에 처음 들어섰을 때의 느낌을 지금도 잊지 못한다. 나는 꼭 침입자가 된 것 같았다. 기계들이 쉬고 있는 곳에 몰래 숨어들어 온 도둑 같았다. 그래서 나는 조용히 침을 삼켰고 살금살금 걸어 내 책상에 도달해서는 컴퓨터의 전원 버튼을 살짝 눌렀다. '살짝' 눌렀을 뿐인데 기계에서는 요란한 소리가 났다. 괜히 머쓱해져서 다시 자리에서 일어나 창가로 갔다. 부서 책임자의 의자가 보이기에 앉았다. 등받이가 높은 의자는 편안했다. 의자를 돌리니 밖이 보였다. 비로소 마음이 진정이 되었다. 나는 손잡이를 두세 번 탁탁 두드리곤 내 자리로 돌아와선 자판에 손을 올렸다. 사무실엔 나 말고는 아무도 없었다. 마음도 다잡았고 시간도 충분했다. 이제 남은 건 쓰는 것뿐이었다. 하지만 나는 아무것도 쓰지 못했다. 두 시간 동안 한 일이라고는 첫번째 문장을 썼다 지웠다, 를 무한 반복한 것이 전부였다. 주위가 소란스러워졌다. 정상적인 출근 시간이 된 것이다. 하나 둘 사무실로 들어오는 무표정한 얼굴의 사원들을 보며 나는 깨달았다. 애초에 내가 생각했던 첫번째 문제는 해결된 것이 아니었다. 긴 글은 짧은 글의 모음이 아니었다. 내 안에 가득했던 불만과 바람은 열 줄짜리 불만과 바람에 지나지 않았다. 열 줄이 넘는 긴 글을 시도하자 불만과 바람은 슬며시 모습을 감추었다. 결국 나는 긴 글을 쓸 만한 꺼리도 지니지 못한 속물 중의 속물이었던 것이다.

4.

지금 생각해 보면 그즈음의 나는 정말로 위태위태했다. 자신이 속물 중의 속물임을 확인한 순간 온실 속 화초 특유의 추악한 본성이 본격적으로 모습을 드러냈다. 나는 새로 들어온 신입사원을 괴롭혔고, 부서 책임자와 언쟁을 벌였다. 거의 매일 술을 마셨고, 취했고, 깽판을 부렸다. 추악한 본성은 내 손과 발을 마음대로 조종하며 희희낙락의 삶을 살았다. 그 기간이 정확히 얼마였는지는 잘 모르겠다. 석 달일 수도 있고 넉 달일 수도 있고 여섯 달일 수도 있겠다. 다만 내가 아는 것은, 그 기간이 하루라도 더 길었다면 나는 내가 그토록 버티기를 원하던 그 회사에서 더 버티지 못했으리라는 사실뿐이다. 그 위기의 순간 나를 구한 건 '야구'였다. 이번에도 의아해할 이들을 위해 무라카미 하루키를 인용한다.

> 나는 스물아홉 살 때, 갑자기 소설을 써야겠다고 생각했다. 나는 소설을 쓰게 된 이유를 학생들에게 이렇게 설명

한다. 어느 봄날 오후, 진구 야구장에 야쿠르트 대 히로시마 팀의 대항전을 보러 갔었다. 외야석에 눕다시피 앉아 맥주를 마시고 있는데 힐튼이 2루타를 쳤고, 그때 갑자기 '맞아, 소설을 쓰는 거야' 하고 생각했다고 말이다. (무라카미 하루키, 『슬픈 외국어』, 김진욱 옮김, 문학사상사, 1996, 209쪽)

내가 다니던 회사는 잠실에 있었다. 야근을 마치고 퇴근하던 난 잔뜩 지친 얼굴을 하곤 엘리베이터를 기다리다가 빌딩 창을 통해 들어오는 불빛을 보았다. 이 세계의 것 같지 않은 푸른 불빛을 보았다. 그런 빛은 세상에 오직 한 군데에만 있다. 그건 바로 야구장의 불빛이었다. 야구장에 간 적이 없는 것은 아니었다. '재벌가'는 야구단도 소유하고 있었기에 가끔씩 표가 나왔다. 나는 그 표를 받아 때로는 직원들과 함께, 때로는 벗들을 불러 야구를 보았다. 그러나 단 한 번도 혼자서 야구장에 간 적은 없었다. 단 한 번도 내 돈을 내고 야구장에 간 적은 없었다. 잠시 갈등했다. 전날의 과음과 야근 때문에 몸은 몹시도 피곤했다. 이미 경기가 시작되었다는 사실 또한 나를 망설이게 만들었다. 엘리베이터를 서너 번 보낸 후에야 결심했다. 야구장에 가기로.

그날의 야구에 특별한 무언가가 있었는지 없었는지는 기억나지 않는다. 내가 응원하던 팀이 이겼는지 졌는지도 기억나지 않는다. 무라카미 하루키를 소설가로 만든 2루타가 나왔는지 안 나왔는지는 당연히 기억에 없다. 지금 기억나는 것은 그저 그 불빛뿐이다. 7회인가 8회인가 공수 교대 시간에 고개를 들어 보았던 그 아름다운 불빛뿐이다. 나는 외로우면서도 외롭지 않았다. 함께 소리 지를 사람도 없었지만 야구장의 푸른 불빛 아래 함께한 이들은 어떤 의미에서는 다들 내 동반자였다. 그때, 난 '행복'을 느꼈다. 다음 날 나는 아침 일찍 출근했다. 나 말고는 아무도 없는 사무실에서 컴퓨터를 켜고 자판 위에 손을 올렸다. 나는 야구에 관한 글을 썼다. 전날 보았던 야구 경기의 내용을 쓰고 그 경기를 보면서 내가 느꼈던 감정을 썼다. 바로 전날의 경기와 감정이었지만 그래도 글로 옮기는 건 쉽지가 않았다. 그래도 썼다. 포기하지 않고 썼다. 열 줄을 넘겼다. 아쉽게도 스무 줄에는 이르지 못했다. 시간이 다 되었기 때문이었다. 사원들이 하나, 둘 나타나 자리를 차지하고 앉았기 때문이었다. 더 쓰고 싶었으나 더 써서는 안 되었다. 그건 속물의 원칙에 어긋나는 일이었다. '긴 글'을 저장하고 문서를 닫는 순간의 기분은 묘했다. 기쁘면서도 아쉬웠다. 자리에서 벌떡 일어나고 싶기도 했고 그냥 꼼짝 않고 앉아 있고 싶기도 했다. 입 다물고 있고 싶기도 했고 마구 떠벌이고 싶기도 했다. 그것이 처음 '긴 글'을 썼을 때의 내 마음이었다.

5.

글엔 '힘'이 있다. 시작하는 건 사람이지만 이어 가는 건 글 스스로이다. 나는 그다음 날도, 그다음 날도 일찍 출근해 글을 썼다. 야구장에서 느꼈던 감정은 스무 줄짜리 그 이상이었다. 더 쓸 게 있을까 싶다가도 컴퓨터를 켜고 자판 위에 손을 얹고 전날 쓴 글을 읽다 보면 새로운 쓸 거리가 또 튀어나왔다. 일은 쉬워졌다. 나는 글이 지시하는, 글이 느낀 무언가를 그저 받아쓰기만 하면 되었으니. 말이 되는지 안 되는지는 나중 문제였다. 글이 지시하는 게 어느새 내가 보고 느꼈던 그 경기의 범주를 훌쩍 넘어서고 있었지만 그것 또한 나중 문제였다. 당장 할 일은 그저 받아쓰기였다. 글이 되었다고 말할 때까지 그저 받아쓰는 게 이른 아침에 출근한 내가 했던 유일한 일이었다. 글은 악덕 기업주였다. 글은 거의 한 달 동안 나를 붙잡고 부려먹었다. A4지 13장을 소모하게 한 뒤에야 글은 못 이기는 척 나를 놓아주었다.

한 달의 시간을 들여 A4지 13장의 결과물을 얻었다. 정확히 말하자. 근무일만 쓴 것이니 날수로는 20일이다. 아침에 두 시간씩 쓴 것이니 시간으로는 40시간이다. 40시간, 그리고 A4지 13장. 원고지 매수로 환산하면 100매 정도이니 결국 나는 한 시간에 원고지 2.5매, 그러니까 500자를 쓴 것이다. 감탄하는 이도 있을 것이고, 혀를 차는 이도 있을 것이고, 무감각한 이도 있을 것이다. 그렇다면 나는? 글을 마친 순간 내게 중요했던 것은 오직 하나, 글이 드디어 끝났다는 사실뿐이었다. 다음 날 아침이 되자 다른 감정이 찾아왔다. 나는 아무도 없는 사무실에서 내가 쓴 글, 아니 글의 지시를 받아 쓴 글을 출력해서 읽었다. 내가 쓴 '긴 글'을 처음부터 끝까지 읽은 최초의 순간이었다. 글을 읽으면서 나는 두 가지를 깨달았다. 첫번째 깨달음은 내가 처음으로 쓴 '긴 글'의 졸렬함이었다. '긴 글'은 소설도 아니었고, 수필도 아니었고, 실용문도 아니었다. 그냥 '긴 글'이었다. 이야기는 두서도 없고, 인과도 없었다. 실험극처럼 갑자기 시작했다 갑자기 끝났다. 한마디로 엉망진창이었다. 이따위 글을 읽을 사람은 이 세상엔 아무도 없을 것이었다. 두번째 깨달음은 야구에 대한 감상으로 시작했던 '긴 글'이 사실은 야구에 관한 게 아니라는 것이었다. 무슨 말인가 하면, 주인공은 야구를 보며 명상을 시작하는데 그 명상은 엉뚱하게도 '머물고 있는 곳에서 떠나야겠다'로 끝난다. 졸렬한 긴 글, 야구로 시작했으나 엉뚱한 결론으로 귀결된 글을 읽은 나는 어떻게 했나? 깊은 한숨을 내쉬었다. 그러곤 눈물을 찔끔 흘렸다.

다시 말하자. 글엔 '힘'이 있다. 시작하는 건 사람이고 이어가는 것도 사람이다. 글은 거짓말을 하지 못한다. 그 점이야말로 글이 가진 진정한 '힘'이다. 글을 통해 내가 몰랐던 내 마음, 혹은 내가 알고 있으면서도 외면해 왔던 내 마음을 읽은 나는 어떻게 했나? 마음이 말하고 글이 받아쓴 대로 머물고 있던 곳에서 떠났나? 그렇지 않다. 그랬다면 나는 스스로를 속물로 칭하지도 않았을 것이다. 나는 아침에는 글을 쓰고, 나머지 시간에는 일을 하는 이중생활을 끈질기게 해나갔다. 다시 한 번 마루야마 겐지다. 그는 주제넘게 시간의 비밀에 대해서도 한마디 했다.

> 시간은 쓰기 나름이라는 놀라운 사실을 그 나이가 되어 비로소 알았다. (마루야마 겐지, 『산 자의 길』, 105쪽)

나는 그의 말에 진심으로 동의할 수밖에 없다. 2년여의 이중생활은 제법 의미 있는 결과를 만들어 내었으니. 먼저 나는 스무 편이 넘는 '긴 글'을 완성했다. '질'은 차치하고서라도 '양'에 있어서는 자부할 만한 결과였다. 나머지 시간 동안 내가 행한 일, 그러니까 '업무'에 있어서도 유의미한 변화를 가져왔다. 처음에 내게 호감을 가졌던 부서 책임자는 나를 너무 미워하게 된 나머지 일의 종류를 막론하고 사사건건 물고 늘어지는 지루한 기술을 구사하기 시작했다. 더 이상 신입 사원이 아닌 나는 가만히 앉아 그 기술의 희생자가 되지는 않았다. 뜻이 맞는 직원들과 모인 자리에서는 거의 매번 부서 책임자를 욕했고, 때로는 부서 책임자의 면상을 보고서도 쓴소리를 멈추지 않는 기개를 보이기까지 했다. 나의 기개에 사원들은 환호했다. 대놓고 환호하지는 못하고 뒤에서 환호했다. 나의 기개에 부서 책임자는 분개했다. 분개가 지나쳐 내 앞에서 말을 더듬고 손을 떨었다. 나더러 나가라는 말은 차마 하지 못하고 그저 말을 더듬고 손을 떨기만 했다. 나는 부서 책임자의 몸이 말하는 것을 읽었다. 결론은 명확해졌다. 부서 책임자와 나는 양립할 수 없었다. 누군가는 결단을 내려야만 했다.

다시 말하지만 글엔 '힘'이 있다. 처음 '긴 글'을 썼을 때 나는 내 마음을 읽었다. 마음은 글을 빌려 분명한 목소리로 내게 떠나라고 말을 했다. 그랬음에도 나는 떠나지 않았다. 왜? 나는 속물이었으므로. 속물답게 글은 글일 뿐이라고 애써 믿으려 했을 뿐이었으므로. 글도 쓰고 회사도 다닐 수 있다고 믿으려 했을 뿐이었으므로. 그런 면에서 부서 책임자에겐 잘못이 없다. 글을 쓰면서 회사를 다니는 동안 나는 못된 인간이었다. 원래도 못된 인간이었지만 마음의 소리를 외면하기 위해 일부러 더 못되게 굴었다. 내가 더 철저한 속물이었다면 그런 고통은 겪지 않아도 되었을 것이다. 하지만 나는 속물이되 굳건한 마음을 지니지 못한, 그저 그런 속물이었다. 그래서 나는 회사를 떠났다. 무슨 수를 써서라도 더 다니고 싶었던 초일류기업에서 더 버티지 못하고 결국 내 발로 걸어 나왔다. 처음 '긴 글'을 쓴 지 2년여 만의 일이었다.

6.

오르한 파묵은 노벨 문학상을 받는 자리에서 자신을 소설가로 만든 비법을 만천하에 공개한다.

책들로 둘러싸인 방에 자신을 감금하는 것입니다. (오르한 파묵 외, 『아버지의 여행가방』, 이영구 외 옮김, 문학동네, 2009, 51쪽).

나는 그에게서 그가 쓰려고 하는 '글'과 그가 내려고 하는 '책'에 대한 구체적인 이야기를 들었다. 그는 정년퇴직을 앞두고 있었다. 과장이었던 그는 부장이 되었다. 임원이 못 되었기에 초일류기업을 더 다닐 수는 없었다. 그래서 퇴직 이후를 준비하고 있다고 했다. 그러느라 도서관에 갔다가 내 책을 읽고, 이거구나 싶었다, 했다. 나는 그 말을 들으며 오르한 파묵을 생각했다. 오르한 파묵의 금언을 몸으로 실천했던 옛 시인 이병연을 생각했다. 이병연은 시 쓰고 싶은 마음이 생기면 방으로 들어갔다. 시가 완성되기 전에는 방에서 나오지 않았다. 이병연은 방 안에 틀어박혀 시를 쓰면서 수염을 뜯었다. 몇 달 후 이병연은 방에서 나왔다. 두 가지가 달라졌다. 손에는 시 뭉치가 있었고, 수염은 사라졌다. '글'과 '책'만 알지 방 안에 틀어박혀 쓰는 고통 따위는 생각도 못해 봤을 그에게 묻지 않을 수 없었다. 도대체 무슨 글을 쓰고 싶고, 어떤 책을 내고 싶은 것이냐고 묻지 않을 수 없었다.

그는 초일류기업에서 수십 년간 일했던 경험을 살려 젊은이들에게 도움을 줄 만한 글을 쓰고 싶다고 했다. 일하면서 썼던 메모들을 하나도 버리지 않고 간직하고 있으니 쓰기에 별반 어렵지는 않을 것이고, 실제 사례로 구성되어 있으니 꽤 실용적이기도 할 것이라고 했다. 그는 웃음기 하나 없는 진지한 얼굴로 그 말을 했다. 당황한 건 오히려 나였다. 사장도 아니고 임원도 아니고 부장으로 정년퇴직한 그가 쓴 글을 도대체 누가 읽는다는 것인가? 아니, 읽는다는 것은 둘째 문제이고, 평생 책도 읽지 않고 맞춤법에도 무지했던 그가 도대체 어떻게 글을 쓴다는 것인가? 사원들의 능력 신장엔 하등의 관심도 없었던 그가 어떻게 젊은이들에게 도움을 줄 만한 글을 쓸 수 있다는 말인가? 하나 더. 내 책이 도대체 어떤 느낌을 주었기에 그가 이렇듯 내 앞에서 당당하게 자신의 '계획'을 발표하는 것일까? 내 마음도 모르는 그는 아예 한술 더 떴다. 자신이 보유하고 있는 메모가 많고도 많으니 새로 쓸 것도 없이 그것들을 모아 곧바로 책을 냈으면 좋겠다고 말한 것이다. 나는 잠깐 고민하는 척하다가 그런 종류의 책이라면 일반적인 출판사에서는 내기가 쉽지 않을 것이라고, 내 딴에는 가장 공손한 태도를 취하고 답을 했다. 내 말에 숨은 뜻을 알아차렸으면 하고 바랐지만 눈치 없는 그는 곧바로 일반적인 출판사가 아닌 곳에서는 가능한 것이냐는, 전혀 예상치 못했던 반문을 해왔다. 나는 자비출판을 해주는 회사들이 있기는 한데, 그 분야에 대해서는 잘 모른다는 말로 혹시나 모를 그의 도움 요청을 원천 봉쇄했다. 내 작전은 성공했다. 그는 알아들었다는 듯 고개를 끄덕였고, 나는 시계를 살짝 보는 것으로 이야기를 끝내고 싶은 의중을 비쳤다. 하지만 그의 다음 말이 내 마음을 살짝 흔들었다. 그렇겠지? 책으로 내도 아무도 안 읽겠지?

그는 우리가 함께 근무하던 시절에 있었던 소소한 일화 한 두 가지를 말한 뒤 자리에서 일어났다. 나는 다른 약속이 있어서 조금 더 있겠다고 했다. 그는 또 보자고 말하고 악수를 청했다. 악수를 한 뒤엔 등을 돌리고 밖으로 나갔다. 그가 더 이상 보이지 않게 된 뒤 나는 그의 말을 생각했다. '그렇겠지? 책으로 내도 아무도 안 읽겠지?'

그가 한 말은 내가 처음으로 '긴 글'을 쓰고 그 글을 읽었을 때 느꼈던 감정과 너무도 유사했다. 그를 처음 만난 이후 난 단 한 번도 그와 내가 비슷한 족속이라고는 생각해 본 적이 없었다. 어쩌면 그 생각은 틀렸는지도 몰랐다. 그 또한 무언가를 쓰고 싶어 한 인간이었다. 무엇인가를 표현하고 싶어 한 인간이었다. 자신의 무능력과 무기력에 맞서기 위해 애를 썼던 인간이었다. 그래서 이제 정년퇴직을 앞둔 그의 머릿속에 떠오른 것이 바로 '글'이었던 것이다.

나는 커피 한 잔을 더 주문해 마셨다. 쓴 커피를 마시며 일상, 글, 힘 따위의 단어들을 두서없이 떠올렸다. 세상이 조금 달라졌다. 주위가 갑자기 푸른 불빛으로 물들었다. 나와는 인연이 없는 걸로만 여겼던 카페 안 사람들이 갑자기 '이웃'처럼 보였다.

글쓰기는 나의 힘

김미경

김미경

1960년 대구 출생. 작가에의 꿈을 안고 1979년 서강대 국문학과에 진학했지만, 80년대 초 한국 사회 변혁의 소용돌이 속에서 갈팡질팡 헤맸다. 졸업 후 국어 교사, 여성문화운동가, 신문사 기자, 잡지 편집장 등 글쓰기와 관련된 일을 두루두루하며 먹고살았다. 2005년 뉴욕으로 옮겨 가 7년을 살면서 진짜 자신이 원하는 일이 무엇일까에 대한 고민을 새롭게 시작했다. 2010년 미국 생활을 담은 첫 수필집 『브루클린 오후 2시』를 펴냈다. 2012년 서울로 돌아와 2년여간 공익재단 일을 하다 그만뒀다. 2014년 3월부터 글도 쓰고 그림도 그리는 화가로서 인생의 새 챕터를 시작했다.

... 세상으로 가는 길

어릴 때 나는 집에서 '책벌레'로 통했다. 백 권 남짓했던 세계명작동화집을 한 권 한 권 읽어 내는 재미에 푹 빠져들었었다. 말이 무척 어눌한 아이였다. 떠오르는 기억 중 하나. 집에 손님들이 찾아오면 인사도 해야 하고, "이름이 뭐니?", "엄마가 좋으니? 아빠가 좋으니?" 같은 재미없는 질문에 대답도 해야 하는 게 너무 짜증스러웠다. 그럴 때 책을 읽고 있으면 말을 걸지도, 시키지도 않는다는 사실을 발견했다. 오히려 "어린애가 저렇게 책을 잘 읽는다니까요~ 책을 붙들고 살아요~!" 하는 칭찬까지 듬뿍 받을 수 있는 게 아닌가? 말을 안 해도 괜찮은 책 속으로 쑥쑥 빠져들어 갔다.

내게 책은 불편하고 지루한 현실 세계에서 상상의 세계로 넘어가게 해주는 가교 같았다. 책 속에서 나는 부쩍 어른스러워지는 듯 느껴졌다. 전지적 시점으로 쓰인 소설들을 많이 읽어서였을까? 갑자기 내가 사물을 다면적으로 볼 수 있는 사람이 돼버린 듯도 싶었다. 생각이 깊고, 철학적이고, 진지하고, 뭔가 아~주 멋있어지는 듯했다. 현실 속에서 늘 좀 모자라고, 매일매일 살아가는 삶은 답답하고 지루하기만 해 보이는데 말이다. 좀더 멋있어질 것 같아서, 책을 자꾸자꾸 읽어 댔다.

'소설 속 주인공들의 삶은 이렇게 스펙터클하고 드라마틱한데, 내 삶은 왜 이렇게 지루하고 무미건조하지?' 고등학교 야간자습 시간에 잘난 척하며 문제집 대신 소설책을 읽으면서 들었던 생각이다. 당시 내 삶은 정말 비루했다. 아침 일찍 일어나 학교에 가서는 수업, 쉬는 시간, 수업, 쉬는 시간, 또다시 야간 자습 시간. 영문을 알 수 없는 지루한 공부로 일 년 열두 달, 하루 온종일을 보내는 내 삶에 비해 삶의 철학적 의미를 찾기 위해 방황하고, 사랑에, 예술에, 이념에 목숨을 내거는 소설 속 주인공들의 삶은 가슴을 쿵쿵 뛰게 했다. 아아. 내 삶은 왜 이렇게 지루하고 비루하단 말인가?

… 인생 컨설턴트, 글쓰기

50년쯤 살고 난 2010년, 나는 지구 반대편 미국 뉴욕의 브루클린에 살면서 『브루클린 오후 2시』라는 책을 펴냈다. 50년쯤 살고 보니 내 삶도 지루하고 비루하지만은 않았다. 내게 설마 그런 일이 일어날까 싶었던 일들도 일어났다. 자살하고 싶을 만큼 낭떠러지로 내동댕이쳐지는 경험도 했다. 목숨 걸 일도, 방황할 일도 꽤 있었다. 그리고 나는 브루클린에서 진짜 내 이야기를 글로 쓰기 시작했다.

『브루클린 오후 2시』에 실린 첫번째 글 '무엇이 나의 존엄성을 지켜 주는가?'. 한국에서 일간지 기자로 그렁저렁 잘나가는 삶을 살다가 월간지 창간에 실패한 후 미국으로 건너와 리셉셔니스트 일을 하고 있을 때 느꼈던 자괴감에서 출발한 글이었다. 매일매일, 나 자신이 별 볼 일 없는 존재라는 사실을 확인시켜 주는 낯선 땅에서 나는 나 자신에게 끝없이 묻고 또 물었다. 뚜렷한 해답이 찾아지지 않아 쓰기 시작한 글이었다. 글을 어떻게 마무리해야 할지, 내가 앞으로 어떻게 살아가야 할지 판단이 서지 않은 상태에서 써 내려가기 시작한 글이었다.

> 무엇이 나의 존엄성을 지켜 주는가? 리셉셔니스트 공간에 앉아 전화를 받으며, 청소를 하며, 커피를 나르며 나는 이 생각을 참 많이도 했다. 나는 무엇인가? 나의 존엄은 어디에서 지켜지는가? 리셉셔니스트 미경이는 과연 존엄한가?
> 뉴욕에 살다 보면 이런 이야기를 자주 듣는다. "청소하는 저 아저씨 말이야, 저래 봬도 필리핀에서 학교 선생님이었대." "저 델리 가게 아줌마 말이야, 한국에서 피아니스트였대나 뭐라나." 뉴욕엔 이런 사람들로 우글우글하다. 나도 그중 하나가 된 셈이다. 내가 어느 대학을 졸업하고, 어느 신문사에서 일하고, 내 큰아버지가 시장이었고, 내 친구가 원장이고, 사장이고, 국장이고, 박사고, 교수고…… 그런 것들을 누구한테 이야기할 수도 없고, 이야기해 봤자 콧방귀나 핑핑 뀔 이곳 뉴욕 땅에서, 나의 존엄을 지켜 주는 듯

했던 수만 가지 그 방패막이들이 완전히 무장해제된 이곳에서 천둥벌거숭이로 서면서, 나는 비로소 나의 존엄성에 대해 깊이 생각하게 되었다.
나의 존엄을 지켜 주는 듯 보였던 외형적인 것들은 이제 이곳에서 하나도 없다. 오히려 나의 존엄을 결정적으로 방해할 서투른 영어 억양이 추가돼 있을 뿐이다. 이제 새롭게 내가 보이기 시작한다. 천둥벌거숭이로도 존엄할 수 있는 내 속 존엄성의 알갱이가 보이기 시작한다. 기자가 아니어도 내가 글쓰기를 좋아하는 사람이라는 것을, 신문사에 다니지 않아도 늘 세상사를 기록하고 싶어 하는 사람이라는 것을, 부끄러워할 줄 아는 사람이라는 것을, 아픔을 읽을 줄 아는 사람이라는 것을, 졌다고 말할 수 있는 사람이라는 것을, 그리고 새로 시작할 줄 아는 사람이라는 것을 깨닫는다. 가사 도우미 내 친구가 존엄했듯, 아파트 관리원 아버지가 존엄했듯, 존엄한 리셉셔니스트 김미경 속 존엄성이 조금씩 보이기 시작한다.
집 앞 가게 스패니시 아저씨가 퇴근 후 남몰래 시를 쓰며 잠을 설치는 시인일지도 모른다는 생각이 문득 들었다. 시간당 7달러 받으며 일하는 그 아저씨도 델리 가게 점원으로 존엄하다.
나는 이런 자리에 앉아 있을 사람이 아닌 존엄한 사람이 아니라, 이런 자리에 앉아 있는 현재의 내가 바로 존엄한

나다. (『브루클린 오후 2시』, 21~24쪽)

"나는 이런 자리에 앉아 있을 사람이 아닌 존엄한 사람이 아니라, 이런 자리에 앉아 있는 현재의 내가 바로 존엄한 나다"라는 마지막 문장은 펑펑 소리 내어 울면서 수십 번 고쳐 쓴 문장이다. 딸을 데리고 서툰 영어 실력으로 미국이라는 낯선 땅에서 살아가야 하는 삶이 당시 내게 많이 버거웠었다. 리셉셔니스트라는 일은 그동안 한국 사회에서 쌓아 온 나의 존엄을 해치는 듯 느껴졌다. 그런 상황을 어떻게 받아들일 것인지 갈팡질팡 고민하는 과정에서 쓰기 시작한 글이었다. 마지막 문장을 고쳐 쓰면서 내가 청소부를 하든, 리셉셔니스트를 하든 그 일을 하고 있는 나 자신이 아름답고 존엄한 존재라는 사실을 당당하게 받아들여야 한다는 사실을 뚜렷하게 인식하기 시작했다. 몇 번이나 그 문장을 고쳐 쓰면서 나는 허우적대던 삶에서 천천히 몸을 추스를 수 있었다.

나는 고통스럽거나 절망할 때, 갈팡질팡할 때 그 상황을 그대로 풀어내 보는 글쓰기를 시도한다. '나는 지금 어디에 와 있나?', '내가 진정으로 원하는 것은 무엇인가?', '나는 무엇 때문에, 누구 때문에 괴로워하고 있나?', '내가 원하는 것을 위해 나의 돈과 시간을 어디에 투자하고 있나?'. 기승전결을 생각하지 않고 무턱대고 써 내려가기 시작한다. 글은 처음엔 갈피를 잡지 못하고 이리 뛰고 저리 헤맨다. 하지만 계속 써 내려가다 보면 이상하게 엉뚱한 데서 새로운 길이 발견되는 경험을 여러 번 했다. 최근에는 미경아! 하고 이름을 불러 가면서 내가 처한 문제를 3인칭 시점에서 따져 보는 글쓰기를 해봤다. 그때마다 늘 나는 마지막 문장을 수십 번 바꿔 쓰면서, 희미한 해결의 돌파구를 찾는다. 내게 글쓰기는 인생 컨설턴트다.

... 새로운 사회적 관계의 시작, 글쓰기

"엄마. 이 책이 슬픈 내용이 아닌데 말이야. 이상하게 읽으니까 자꾸 눈물이 나는 거야. 오늘 읽으면서 한참 울었어."

"그래? 왜 울었어? 좀더 이야기해 줘봐."

"아이. 왜 자꾸 그렇게 물어. 귀찮게."

"너무 궁금하잖아. 울었다니까. 엄마 책 읽은 감상문 좀 써주라."

"나 바빠. 숙제하고 allkpop.com 기사도 써야 한단 말야."

『브루클린 오후 2시』를 펴냈을 때 딸은 열일곱 살이었다. 몇 년째 인터넷에 글을 쓰고 있을 때는 읽지 않더니 종이책으로 나오니 신기한지 열심히 읽는다. 며칠을 졸라 딸에게서 독후감을 받아 냈다. 영문으로 쓴 글을 번역하자면 이렇다.

> 엄마가 책을 썼다. 나는 엄마가 어떤 글을 썼는지 전혀 이해하지 못할 줄 알았다. 엄마와 나는 성격이나, 유머나, 연예인에 대한 생각 등등이 아주 비슷하다. 하지만 브루클린

생활을 보는 관점은 많이 다른 것 같다. 엄마는 나보다 좀 더 이민자에 가까워 보인다. 내겐 뉴욕, 브루클린, 파크슬로프가 고향 같지만, 엄마에게는 아닌가 보다. 브루클린에서 일어나는 온갖 일들이 내겐 그냥 당연하고 아무렇지도 않은 것들인데, 엄마한테는 꽤 중요한 일인가 보다. 그게 이 책의 멋진 점이기도 하다. 뉴욕의 작은 디테일들, 말하자면 자유의 여신상이나 무너진 무역센터의 이야기가 아니라 구멍가게에서 사 먹거나, 점심 배달해 먹는 것 같은 사소한 일들 말이다. 이런 작은 것들이 이 책에서는 소중하게 기억되고, 다뤄지는 것 같다.

나에 관한 부분을 읽곤 좀 창피했다. 엄마한테 이야기를 할 때마다, 엄마는 별로 관심이 없는 듯했다. 늘 피곤한 것 같았고, 통 관심 없어 보였다. 나쁜 의미로가 아니라 내 이야기에 과잉 반응을 보이지 않았다는 말이다. "와우! 우리 딸이 학교에서 있었던 일을 다 이야기하네!" 뭐 이런 타입은 아니라는 게다. 책을 읽으면서 나는 엄마가 무슨 생각을 하고 있는지 알 수 있었다. 내가 이야기할 때 포커페이스를 하고 있었지만, 확실히 듣고 있었다. 그냥 흘려듣는 게 아니라, 내가 무슨 말을 하는지 귀 기울여 듣고, 생각하고 있었던 게다. 책을 읽으면서 내가 대우받고 있다는 느낌이 들었다. 그게 아마 나를 울린 이유였을 것이다.

이 책은 왜 내가 엄마를 사랑하는 만큼 내 딸이 나를 사랑해 주지 않으면 어쩌나 하고 걱정하는지를 잘 설명해 주는 한 사례다.

책 출간은 처음으로 딸과 사회적 관계가 만들어지는 묘한 경험을 하게 해줬다. 딸이 나의 책을 읽고 나서 나에게서 존중받는다는 느낌을 받았듯이, 나도 진지하게 독후감을 써주는 딸로부터 깊이 존중받는 느낌을 받았다. 엄마와 딸로서가 아니라 작가와 독자의 사회적 관계로 말이다.

전혀 낯선 사람들과의 공감 또한 책 발간이 내게 준 빼놓을 수 없는 기쁨이었다. 처음 책을 낸 후 인터넷 서점과 포털사이트에 검색어 '브루클린 오후 2시'를 집어넣고 보도기사, 리뷰, 판매 순위를 검색해 보는 재미에 푹 빠졌었다. 전혀 알지 못하는 사람들이 내가 쓴 책을 읽고 쓴 리뷰들을 읽는 재미는 또 하나의 책 펴내는 즐거움이었다. 무엇보다 내가 가장 고통스럽게, 힘들게, 그리고 솔직하게 쓴 글을 독자들이 알아본다는 사실이 신기했다. 인터넷에 리뷰를 올린 수많은 독자들이 내가 엉엉 울며 썼던 글 '무엇이 나의 존엄성을 지켜 주는가?'를 가장 마음에 와 닿는 글로 꼽고 있었다. 나의 맘을 가장 크게 울린 글, 내가 가장 낮아진 글, 내가 가장 솔직하게 나 자신을 보인 글이 다른 사람들도 가장 크게 울릴 수 있다는 것을 배웠다고나 할까?

… 밥벌이, 글쓰기

대부분 사람들이 그렇듯 내게도 첫 글쓰기는 일기였다. 나의 첫 역사 기록. 그때부터 쓴 일기장들을 다 갖고 있다. 내 역사 기록을 보관하듯 말이다. 내게 글쓰기의 기쁨을 가르쳐 준 사람은 국어 시간에 배운 새로운 단어로 짧은 글짓기를 해오라는 숙제를 하루도 빠짐없이 매일매일 내줬던 초등학교 3학년 담임선생님이었다. 그 숙제를 하면서, 단어만 보면 자동적으로 짧은 글짓기를 하는 버릇이 생겨 버렸다. 그리고 글쓰기가 정겨워지기 시작했다.

1988년 일간신문 『한겨레』 기자로 본격적으로 직업적인 글쓰기를 시작했다. 며칠씩 취재해 온 내용을 원고지 4~5장, 6~7장으로 압축해 짧게 쓴다는 일이 영 힘들고 부자유스러웠지만, 매일매일 새로운 사건이나 사람을 취재해 표현해 내는 일은 즐거웠다. 몇 권의 잡지도 만들어 보고, 실패도 경험했다. 2000년부터 몇 년간 인터넷뉴스 부서에서 일하기도 하면서 신문과 잡지, 책의 미래에 대한 회의가 커져 갔다. 종이신문을, 종이책을, 종이잡지를 사서 읽는 사람들이 과연 계속 존재할 것인가? 2005년 미국으로 살러 가면서 가지고 있던 책을 속 시원히 다 버려 버렸다. 후배들에게, 친구들에게 나눠 주기도 했지만, 끈으로 묶어 쓰레기더미로 팍팍 버렸다. 종이책의 미래에 대한 불신은 더 깊어 갔다.

그런데 미국살이 5년 만에 스스로 쓰레기 취급했던 책을 내기로 한 게다. 솔직히 처음 책을 내기로 마음먹은 데는 이유가 있었다. 불안한 미국 생활에서, 다니던 직장을 그만두고도 살 수 있는 길을 마련하기 위해 베스트셀러를 한 권쯤 써야겠다는 야심 찬 생각을 한 거다. '그래, 베스트셀러를 쓰자. 베스트셀러를 쓰면 직장에 매이지 않고도 살 수 있는 길이 열리지 않을까? 베스트셀러가 된다면 돈도 벌고, 원고 청탁이 계속 들어오지 않을까? 그러면 그 돈으로 미국에서 살면서 계속 글을 써서 또 책을 내고. 또 그 돈으로 취재하면서 또 책을 내고. 또 베스트셀러가 되고. 그렇게 살면 얼마나 좋을까?' 생각만 해도 좋았다. 꿈이 뭉게뭉게 피어올랐다.

하하하. 그런데 베스트셀러는 무슨 베스트셀러? 3판까지 찍긴 했지만 판매 부수가 총 5천 부를 못 넘겼다. 수입이라고는 계약금과 인세 조금, 그게 끝이었다. 원고 청탁이 한 건도 안 들어왔다. 하하하.

... 긴 호흡, 글쓰기

인터넷에서 『브루클린 오후 2시』 책 제목을 넣고 검색해 보면 출간된 지 5년쯤 지났는데도 새로운 리뷰들이 한두 개씩 새롭게 올라와 있는 걸 발견하게 된다. '이제 서점에서 구하기도 쉽지 않을 텐데 어디서 구입한 걸까?' 하고 자세히 들여다보면 동네 도서관에서 빌려 읽었다는 이야기를 심심찮게 발견할 수 있었다. 책이 나온 지 5년쯤 되면, 새 책을 구입해서 읽는 사람들보다는 도서관에서 빌려 보거나, 헌책방에서 사서 보는 사람들이 생겨나는 시점이 되나 보다. 도서관에서 누군가에게 빌려져 나갔다 들어오고, 다시 빌려져 나가면서 생명을 확장 유지하고 있는 종이책.

언제라도 찾아볼 수 있는 듯했던, 철철 넘쳐 나던 온라인 문서와 이메일들이 시간이 지나면서 오히려 찾아보기 힘든 자료가 되기 쉬운 반면, 종이와 잉크와 시간의 낭비처럼 보였던 제본된 종이책은 시간과 함께 반짝반짝 빛을 더해 가는 걸 직접 책을 출간해 보면서 경험한다. 긴 호흡으로 이야기하는 종이책. 종이책으로 단단하게 묶여지면서 그 묶여지는 시대의 역사를 담아 기록해 계속 읽히는 종이책. 서점에서 다 팔려 나가도 도서관에 남아 세대를 넘어 두고두고 읽히면서 그 책이 출판된 시대의 이야기를 해주는 종이책. 도서관에서 관리를 잘한다면 백 년, 이백 년, 천 년을 넘길 수도 있겠다는 데 생각이 미치자 살짝 흥분되기까지 한다.

… 서촌 오후 3시, 티벳 밤 9시, 강진 밤 11시……

『브루클린 오후 2시』는 7년 남짓한 내 미국 생활의 역사서가 됐다. 브루클린에서 살면서 보고, 생각하고, 느끼고, 경험한 것들을 이것저것 썼는데, 책으로 묶여 출판되고 시간이 지나고 보니, 2005년부터 2012년까지 미국 땅에서 살았던 한 한국 여자의 작은 개인 역사서가 됐다. 내 인생의 기록일 뿐 아니라 미주 한인과 브루클린의 한 단면을 기록한 역사서도 된 셈이다.

책 제목을 '브루클린 오후 2시'로 정한 데는 나름의 이유가 있었다.

> 하루로 친다면 내 인생은 막 오후 2시쯤에 온 게 아닐까 싶다. 하루 중 '가장 뜨겁고 화려한' 오후 2시. 겉으로는 초라하지만 속으로는 가장 뜨겁고 풍만한 시간을 보내고 있다는 느낌이다. 그래서 『브루클린 오후 2시』다. (10쪽)

책 서문에서 밝힌 이유다. 한 사람의 인생을 하루 24시간으로 계산했을 때, 자정부터 아침까지는 세상에 나와 자라고, 교육받는 시간일 게다. 맹렬하게 달리는 20~40대는 아침부터 점심시간이 지날 때까지가 아닐까? 오후 2시는 하루 중 가장 뜨겁고 화려한 시간이지만 또한 해가 기울기 시작하는 시간이기도 하다. 내 인생의 첫 책이었던 『브루클린 오후 2시』는 그렇게 열심히 달려와 뜨겁고 화려한 오후 2시를 넘기면서 그림자가 길어지기 시작하는 시점의 내 역사를 기록한 셈이다.

『브루클린 오후 2시』를 출간한 지 2년 후인 2012년 다시 한국으로 돌아왔다. 2014년, 나는 『서촌 오후 3시』를 쓰고 있다. 서울에서 가장 예스러운 것들과 가장 새로운 것들이 공존하는 서촌에서 살아가는 내 이야기다. 『브루클린 오후 2시』가 브루클린에 대한 소개서가 아니라 브루클린에서 살아간 한 여자의 이야기였듯, 『서촌 오후 3시』도 서촌에 대한 소개서가 아니다. 돌고 돌아 우연히 서촌에 정착하게 된 한 여자가 살아가는 이야기다. 왜 다시 한국으로 돌아왔는지, 이곳에서 내가 정말 원하는 삶을 살아가기 위해 나는 어떻게 죽을힘을 내고 있는지, 55살 여자의 서촌살이는 이 시대에 어떤 의미가 있는지 등등을 담담하게 기록하고 싶다.

5년 후, 10년 후 난 어디에서 살고 있을까? 아니 몇 살까지 살 수 있을까? 아무것도 분명하지 않다. 분명한 것은 내가 현재 여기 서촌에서 살고 있다는 것밖에 없다. 『서촌 오후 3시』를 펴낸 후 서촌에 계속 살면서 『서촌 저녁 6시』, 『서촌 밤 11시』를 쓰면서 서촌 할망구로 살다 죽을 수도 있겠지. 그런데 『티벳 저녁 6시』, 『강진 밤 9시』, 『맨해튼 밤 11시』 등으로 내 삶이 전혀 예측할 수 없는 미래를 자꾸 만들어 나갈 것으로 은근히 기대해 보기도 한다. 2014년 내가 서촌에서 살게 될지 10년 전에는 전혀 예측할 수 없었기에 말이다,

어느 곳에서 살게 되든 죽을 때까지 내가 듣고, 보고, 생각하고, 즐기고, 고민하는 이야기들을 계속 기록해 책으로 묶어 내고 싶다. 밤 12시를 기록하기는 쉽지 않겠지만, 밤 11시까지, 밤 11시 30분까지라도 기록하고 싶다. 현재 자신이 살아가는 삶을 그 공간 속에서 솔직하고 진솔하게 기록하는 개인 역사 기록자의 자세로 말이다. 며칠 전 한 후배에게 이 이야길 했더니 대뜸 프리퀄로 『대구 오전 10시』도 써보면 어떻겠냐고 부추

긴다. 『브루클린 오후 2시』가 쓰이기 전 고향땅 대구에서 자라던 시절 촌년의 역사를 말이다.

... 나에게로 가는 길

2014년, 나는 길바닥으로 나앉았다. 브루클린 생활을 청산하고 번듯하게 좋은 직장에 자리를 얻어 한국으로 돌아왔지만, 2년이 채 안 돼 그 자리를 박차고 나왔다. 스스로에게 수십 가지 이유를 되뇌었지만, 내가 왜 이렇게 길거리에 나앉아야 했는지 솔직히 나도 잘 모르겠다. 요즘 나는 매일 길거리로 출근한다. 우리 나이로 쉰다섯, 화가의 삶을 살겠다고 회사를 뛰쳐나와 길거리에서 열심히 그림을 그리는 여자가 됐다. 미래를 생각하면 갑자기 두려워지기도 한다. 그래도 돌아가고 싶지는 않다. 쉰다섯 살인 내가 왜 이렇게 그림을 미치도록 그리며 살고 싶어진 것인지, 길거리에서 그림을 그리며 만나는 2014년 서촌은 어떤 모습인지, 생계를 위해 이런저런 일을 하며 겪어 내는 서촌은 무엇을 이야기하고 있는지, 서촌은 21세기를 살아가는 한국 사람들에게 어떤 공간인지, 차근차근 기록하고 싶을 뿐이다. 기록을 해나가면서 나는 말하는 것이 두려워 책읽기에 빠졌던 수줍은 소녀가 2014년 왜 서촌에서 이렇게 그림을 그리며 살고 싶어 하는지, 도대체 나는 누구인지 좀더 잘 알아냈으면 좋겠다. 그리고 내 인생의 오후 4시에는 어디에서 살고 싶은지도 말이다.

슬픔을 잇는 글쓰기

김지승

김지승

마녀들의 초상화가였다가 함께 화형당한 전생을 가지고 있다. 지금은 다양한 글밥을 먹으며 수상한 진실들을 몰래 기록한다. 다음 생에는 노래를 하고 싶다. 『인간의 두 얼굴』, 『아홉 개의 발자국』.

1.

친구의 조카가 죽었다. 300여 명의 귀한 목숨들이 구조를 기다리다 거대한 배와 함께 가라앉던 그때, 친구의 조카도 바로 거기 있었다. 생환 소식 대신 숱한 오보와 무책임, 악행이 전해지면서 대부분의 사람들이 그랬던 것처럼 나 역시 간절함, 분노, 슬픔을 지나 무기력과 싸우고 있을 때쯤 친구의 전화를 받았다. 우리는 전화기를 붙들고 오래 울었다. 너무 거대하고 압도적이어서 도무지 실감하기 어렵던 일이 그녀의 개별적 슬픔으로 치환되자 비로소 현실로 느껴졌다. 연일 실종자 수가 사망자 수로 더해지던 참혹한 시간. 친구와 나는 전화기 하나 붙잡고 지났다. 악몽에서 겨우 깨어나 다시 잠들 수 없는 자정 너머, 혹은 불면으로 뒤척이다 하루 중 새가 가장 시끄럽게 우는 새벽 4시와 5시 사이에 그녀는 내게 전화를 해 조카를 향한 독백을 쏟아냈다. 그것은 간절한 기도였다가, 더 자주 죄의식 가득한 통곡이 되었다. 부디 살아 있길 바라고 또 바라던 마음을 이제 그만 온전한 육신만이라도 돌아오길 바라는 마음으로 돌려세워야 할 때조차 쉽게 맨 처음 그 마음을 놓을 수 없었다. 아이는 사고 후 일주일이 지나서야 돌아왔다. 맨 처음 그 마음이 아이와 함께 묻혔다.

한 개인의 상상력과 공감의 장을 훌쩍 초월해 버린 일이었다. 뭐라 이름 붙일 수 없는 감정들이 미처 이름을 찾기도 전에 소진되었다. 모든 말이 틀렸고, 턱없이 부족하거나 넘쳤다. 말이, 언어가 할 수 있는 일이 없었다. 어느 날부터 친구는 전화를 걸어오지 않았다. 나도 연락하지 않았다. 알아 온 지는 8년 정도 되었고 한때는 자주 만났지만 최근에는 1년에 한 번 정도 얼굴을 보는 사이였다. 그리 가깝다고 할 수 없는 그녀가 그 캄캄하고 막막했던 순간에 왜 하필 나를 떠올렸는지, 나 역시 그녀가 다른 사람이 아닌 내게 전화를 해 여러 번 경계 없이 무너지는 걸 어째서 당연하게 받아들였는지 의아할 법도 했지만 약속이나 한 듯 서로 침묵하는 시간 동안 짐작되는 바가 있었다. 관계성과 무관하게 끌어안을 수밖에 없는 비극이어서가 아니었다. 아마도 그녀는 그녀의 이유가, 나는 나대로의 이유가 있었을 테고 각각의 이유는 공통의 기억에 의지하고 있을 것이었다. 말이, 언어가 무언가를 할 수 있을 때쯤 그런 얘기들을 나눌 수 있을지도 모르겠다고 생각했다. 시간이 무심히 흘렀고 어느 날 그녀의 전화를 받았다. 나를 만나고 싶다고 했다. 약속을 정하고 전화를 끊기 전 그녀는 문득 떠올랐다는 듯 말했다.

"진도로 내려가는 버스 안에서 네 생각이 났어. 그때 네가 보낸 편지도……."

짐작이 맞았다.

2.

누군가 내게 20대를 한 단어로 규정하라고 한다면 어쩔 수 없이 '문학'을 꼽아야 한다. 지금도 이 단어를 쓰는지 모르겠지만 말하자면 문청이었던 셈이다. 대학과 대학원에서 문예창작을 전공한 덕분에 일찌감치 문학 엄숙주의의 세례를 받았고, 젊은 문학도가 할 수 있는 모든 실수를 했고, 부릴 수 있는 다양한 허세를 부렸다. 문학에 대한 낭만주의적 이상화와 과도한 진지함을 양 어깨에 메고 키보드를 두드리던 그 시절에 그러나 나는 실상 문학을 몰랐다. 문학이란, 작가란, 소설이란, 시란…… 그것을 직접 만나고 쓰기 전에 그것들의 낭만적 정의를 읊으며 마치 정말 아는 듯 굴었던 게 전부다. 그러면서도 훗날 작가가 되리라는 걸 믿어 의심치 않았으니 제법 문청다웠다고 해야 할까. 오직 내가 쓰는 글로 존재감을 인정받는 그곳에서 주목받을 만한 재능이 없는 나 같은 사람이 6년 넘게 버텼다는 사실은 지금 생각해도 좀 놀랍다. 꾸준히 소설을 썼지만 그 글은 소설이 되지 못한 채 소설적인 것만 건드리다 말았다. 친구들이 하나둘 등단을 하는데 나는 여전히 문학 언저리만 맴돌았다. 한편에서는 글을 놓고 다른 길을 모색하는 친구들도 적지 않았다. 거기에 합류할 수도 있었을 텐데 나는 퍽 단순했다. 그저 읽고 쓰는 게 좋았다. 한결같이 나를 지지해 주던 아버지가 있었기 때문이기도 했다.

"작가가 못 되면 어떠냐. 꾸준히 쓰다 보면 어딘가에 닿긴

하겠지."

서울대도 아닌데 딸을 타지로 보내냐는 말을 흔하게 하는 분위기의 지방 도시에서 내가 원한다는 이유 하나만으로 서울행을 흔쾌히 찬성했던 아버지였다. 그랬던 아버지가 입학식 전 함께 올라와 기숙사에 짐을 부려 놓고 되돌아가는 길에 너무 울어서 휴게소마다 차를 세워야 했다는 어머니의 증언은 요즘도 가끔 반복된다. 문학의 민낯과는 대면하지 못하고 '문학적인 것'만 겨우 더듬던 답답했던 시절, 아버지의 지지 덕분에 나는 조급하지 않았다. 읽고, 쓰고, 공부하다 보면 언젠가는 마음에 드는 소설 한 편쯤 쓸 수 있을 거라 생각했다. 파트타임 일로 최소한의 생계비를 해결했고, 쓰는 시간을 우선적으로 확보해 나갔다. 원하는 만큼 잘 쓰지 못하는 걸 제외하고는 모든 게 순조로워 보였다. 아버지가 간암 선고를 받기 전까지는.

수술은 성공적이라고 했다. 성공적이었으나 아버지는 돌연 세상을 떠났다. 마치 문학적인 것이 반드시 문학이 아닌 것처럼. 갑자기 쓰러진 아버지는 응급실에서 숨을 거뒀다. 연락을 받고 정신없이 비행기를 탔고, 다시 택시를 탔고, 최선을 다해 뛰었지만 내가 도착했을 때 아버지는 이미 의식이 없었다. 당신이 죽고 못 사는 딸이 오고 있다고, 얼굴은 보고 가라고 어머니는 의식을 잃어 가는 아버지에게 여러 번 말했다고 했다. 그럴 때마다 아버지는 억지로 눈을 치뜨다가 감고, 치뜨다가 감았다고 했다. 나를 기다린 건 그런 말들이었다. 한 사람의 마지막에 대한 증언들. 사인은 불분명했다. 사인이 불분명하다면 죽음 역시 불분명해야 할 텐데, 죽음은 어떤 이의도 받아들이지 않았다. 돌이킬 수 없었다. 매몰찼고 단호했다.

3.

갑작스런 상실과 채 수습하지 못한 슬픔에서 겨우 한 발 걸어 나와 조우한 세상은 지독하게 무심했다. 나는 혼란스러웠다. 어떻게 이렇게 멀쩡할 수 있는 거지? 내게 가장 중요한 한 사람이 사라져 버렸는데 세상은 흠집 하나 나지 않은 것처럼 명료하게 흘러가고 있었다. 아버지 장례를 치르고 일주일 후, 집에서 꼼짝 않고 있던 나를 한 친구가 밖으로 끈 날. 하지만 나는 100미터도 걷지 못하고 뒷걸음질쳤다. 그리고 오래 앓았다. 몸과 마음이 반투명해진 느낌이었다. 여전히 뭐가 뭔지 알 수 없었다. 아버지가 더 이상 세상에 없다. 그게 무슨 의미일까? 오래도록 생각했다. 내가 엄마 배 속에 있을 때부터 전적으로 내 편이었다던 사람. 어릴 적 겨울 이부자리에 먼저 들어가 체온으로 이불을 데워 주던 사람. 처음 내게 글을 써보라 했던 그 사람이 사라졌다. 아무런 설명 없이 울어도, 고집스레 침묵해도 다 이해한다는 얼굴로 천천히 질문하고 다독이던 그 사람이 더는 세상에 없었다. 체질이나 성격 모두 자신과 판박이인 내가 살아갈 시간이 그리 녹록지 않을 것이라 짐작해 자주 안쓰러운 표정을 짓던 그 사람을 이제 볼 수 없는 거였다. 각별하고 유난했다. 그러나 내가 잃은 건, 타지에 사는 딸과 어쩌다 만났다가 헤어질 때면 예외 없이 눈물이 고이던 그 유난했던 아버지만은 아니었다.

하나를 잃으면 연쇄적으로 잃게 되는 것들이 있다. 때로는 잃은 처음의 것보다 그로 인해 잃게 되는 것들이 더 긴 고통을 안긴다. 한 사람과 연결된 돈, 권력, 계급, 명성 등을 욕망하는 또 다른 사람들로 인해 맨 처음 상실에 대한 슬픔은 쉽게 훼손당한다. 연락 뜸하던 친척의 등장이 사고 보상금과 연결되어 있는 것처럼 사람들의 욕망은 누군가 겪는 비극을 틈타 더 빛을 발하기 마련이다. 아버지와 연결되어 있던 것들로 인해 시달린 나와 가족은 얼마 후 사람에 대한 경멸을 겨우 나눠 가졌다. 연이어 찾아온 가난과 무력감도. 그것으로부터 최대한 멀리 도망쳤다가 돌아와 보니 당장 돈을 벌어야 할 처지였다. 나 하나의 생계 정도를 책임지는 수준이 아니라 안정적인 월급과 4대보험이 절실해졌다.

대학과 대학원에서 한 거라곤 읽고 쓰는 게 전부였던 만큼 스스로의 무능과 철없음, 순진함과 매일 대면해야 했다. 고작 이 정도 사람이었다는 자괴감은 나를 오래 괴롭혔다. 자학의 수위가 감당할 수 없을 정도가 되자 나는 나 대신 문학을 비웃고, 내 무능함 대신 글쓰기를 냉소했다. 반투명해진 몸과 마음에 거대한 구멍이 생긴 듯했다. 그 구멍으로 그동안 내가 쓰고 읽고 공부했던 언어들이 힘없이 빠져나갔다. 공문서와 비즈

니스 이메일과 회의록의 언어가 그것들의 자리를 대신 채웠다. 그 언어는 분명하고, 금방 휘발되었다. 내게 필요한 건 그런 것들이었다. 더 이상 혼란스럽지 않고 분명한, 금방 휘발되어 무겁지 않은. 어렵사리 취직을 하고 한 달쯤 지났을 때 가지고 있던 책을 얼마만 남기고 모두 박스에 넣었다. 9년을 써온 습작 노트와 컴퓨터 속 습작들도 휴지통에 버렸다. 하나를 잃으면 연쇄적으로 잃게 되는 것들. 내게는 언어가 그런 것이었다.

땅에 발을 디디지 못한 채 3년이 흘렀다. 주어진 일을 했고, 주어지지 않은 일도 찾아서 했다. 지칠 때까지 몸을 놀렸다. 불면이 길었다. 겨우 잠이 들 무렵, 내일 아침 눈을 뜨지 않아도 괜찮을 것 같다고 아무 감정 없이 중얼거렸다. 과거의 사람들은 최대한 피했고, 새로운 관계를 만들지도 않았다. 모든 딸들이 아버지를 잃은 후 나와 같은 상태를 겪는 건 아니라는 것, 직장을 다니면서도 꾸준히 집필 활동을 하는 작가들이 있으며 문학적 열정은 어떤 비통함 속에서 불을 뿜기도 한다는 걸 나는 잘 알고 있었다. 그래서 나의 '어쩔 수 없음'에 대해 이해를 바랄 수 없었다. 나조차 이해하지 못하고 있었기 때문이기도 했다.

애써 위로하려던 친구들도 시간이 지나면서 내가 되도록 빨리 어두운 침잠의 상태에서 벗어나기를 바랐다. 이름 뒤에 '작가'라는 호칭을 얻은 친구 몇몇은 내가 계속 글을 써야만 한다고 말했다. 뭔가 열심히, 바쁘게 사는 것 같지만 말 그대로 열심히, 바쁘게만 살아가는 사람의 표정에는 채도가 없다는 걸 눈치챌 만큼 그들은 예민했다. 그러나 자신을 가장 잘 이해하고 지지했던 한 존재의 상실로 인해 뒤틀려 버린 세계를 이해하려는 안간힘을 눈치챌 만큼, 혹은 지극히 개인적 경험 안에 갇힌 상실에 대한 이해가 얼마나 빈틈이 많은지 알 만큼은 예민하지 못했다. 그들을 탓할 순 없다. 타인의 슬픔을 오래 인내할 수 있는 사람은 드물다. 다만 어떤 무지나 몰이해 앞에서 내 슬픔을 오래 인내해 줄, 유일했던 한 사람이 부재한다는 사실을 거듭 확인해야 하는 순간이 아팠다. 그들에게 이해 대신 무관심을 바란 건 그래서였다.

그즈음 그 친구를 만났다. 요리 학원에서였다.

4.

그녀에게 나는 그녀처럼 지루한 직장 생활에 새로운 활력이라도 불어넣을 겸 근로자능력개발 카드를 이용해 요리 학원에 등록한 사람이었다. 글 말고 손을 쓰는 다른 일을 하고 싶었다고, 나는 말하지 않았다. 우리는 일주일에 두 번, 한식 강좌 시간에 만났다. 나이는 내가 좀더 많았지만 서로 존대를 하다가 동시에 말을 놓았다. 매번 내 맞은편 조리대에서 발돋움을 하고 말을 시키거나 내 요리 속도를 확인하던 그녀는 작은 체구에 귀여운 인상이었다. 싹싹한 성격에 붙임성이 있어서 사람들과 잘 어울렸다는 기억이 난다. 선생님이 한두 가지 요리의 조리 방법을 설명하면 정해진 시간 안에 수강생들이 실습하는 방식으로 수업이 진행되었는데 2시간 반 정도 잡념 없이 집중할 수 있다는 게 좋았다.

수업이 끝나면 밤 9시가 훌쩍 넘은 시간이었다. 밥을 먹거나 커피를 마시기엔 애매했다. 몇 번 그녀가 나와 좀더 이야기하고 싶어 하는 눈치였지만 나는 모른 척했다. 맥주 한잔 정도는 제안해도 좋았을 텐데 내키지 않았다. 서둘러 인사를 하고 사라지기를 여러 번, 그녀도 더는 다른 내색이 없었다. 인사를 나누고, 수업 시간에는 장난을 치기도 하면서 일정한 거리를 유지했다. 어느 날 그녀가 초콜릿과 손으로 쓴 편지를 건네면서 희미한 경계선 안으로 발을 쑥 들여놓기 전까지는 그랬다. 처음에는 고맙다는 말 한마디로 때웠다. 그런데 한 번으로 끝나지 않았다. 나는 당황했다. 편지의 내용은 잘 기억나지 않는다. 이런저런 자기 얘기와 나와 친해지고 싶다는 마음의 우회적 표현들이었을 것이다. 글이 유려하거나 하진 않았지만 천진한 밝음과 솔직함이 느껴지는 어떤 면이 있었고, 그 솔직함으로 자신을 이해받고 싶어 하는 마음이 언뜻 읽혔던 것 같다. 그렇지 않았다면 어느 날 내가 편지에 답을 할 생각으로 무심코 백지를 앞에 두는 일은 없었을지 모른다.

실은 그 모든 게 핑계였을 것이다. 누구에게도 이해받지 못하리란 걸 알고 있었지만 그렇다고 이해받고 싶다는 욕구가 사라지지는 않았다. 나 역시 이해받고 싶었다. 그리고 이해하고 싶었다. 내게 무슨 일이 벌어진 것인가를. 왜 하필 그녀의 편지에 그 욕구들이 반응했는지는 알 수 없다. 필체 사이사이 느껴진 망설임과 그럼에도 불구하고 야무지게 찍은 마침표 때문이었을지도. 어쨌든 나는 썼다. 직장이나 집에서 돌연 시간이 정지한 것 같을 때 덮쳐 오는 정체 모를 감정에 대해, 평생 오로지 한 가지 독백만이 허락된 배우처럼 그 많은 말들을 다 잃어버린 상태에 대해서. 내가 느끼는 것이 슬픔이라면 이것은 내가 여태껏 알고 있던 슬픔이 아니라고, 이 부재는 내가 경험해 본 부재가 아니라고 나는 썼다. 그녀에게 쓴 편지는 아버지가 사라진 후 내가 잃은 언어들을 애써 더듬어 찾아 쓴 첫번째 글이었다. 글은 형편없었다. 처음부터 그럴 생각이 없었던 것처럼 그녀에게 전하지 않았다. 대신 우리는 학원이 끝나면 길에서 떡볶이를 사 먹거나 카페에서 간단히 맥주를 마시는 사이가 되었다. 그리고 나는 박스에 넣어 둔 책들을 한 권 두 권 꺼내 들춰 보기 시작했다.

익히 알고 있다고 여겼던, 자유롭게 썼던 단어들이 처음 본 것처럼 생소했다. 의미가 달라져 있었다. 간암, 수술, 내출혈, 비행기, 응급실……. 숱한 단어들과 상관된 이미지들은 예전의 것이 아니었다. 내가 외국어를 처음 배우는 사람처럼 단어를 하나씩 메모하고 몇 시간 동안 겨우 한 문장을 완성하며 자주 어리둥절해하는 동안에도 그녀는 종종 편지를 써 보냈다. 소소한 일상, 직장 동료와의 갈등, 연애와 결혼에 대한 생각 그리고 후에 그녀가 확인해 준 바에 따르면 조카 이야기도. 나는 몇 번 답장을 쓰다가 그만두었다. 쓰다 보면 시원한 한편 허무했고, 가벼워지는 반면 또 다른 무거움이 나를 짓눌렀다. 관성 때문이었을 것이다. 잘 써야 한다는 중압감과 문학 엄숙주의의 그림자를 떨치기 힘들었다. 게다가 어느 날 부지불식간에 떠오른 한 문장, '나는 아버지의 죽음에 무고한가?'는 창 하나 없는 감옥처럼 나를 가두고 옴쭉달싹 못하게 했다. 하루는 변명을 하고, 하루는 항변을 하며 그 안에서 버둥거렸다.

과거 어디쯤부터 다시 글을 쓰고 싶다는 속내까지를 그녀에게 슬쩍 털어놓았을 때에도 어쩐지 아버지에 대해서는 말하지 못했다. 그녀는 지금까지 내게 보낸 편지를 부끄러워했다. 지금이라면 이렇게 대답했을 것이다.

"내가 다시 글을 쓰고 싶게끔 만든 게 바로 너야. 너의 그 솔직하고 따뜻한 편지가 어떤 일을 했는지 상상도 못할걸?"

하지만 당시에는 어딘지 어색하게, 편지를 쓸 수 있는 네가 오히려 부럽다고 대꾸하고 말았다. 둘 다 사실이었다. 나를 자극한 건 카프카도, 마르케스도, 로맹 가리도 아니었다. 나는 이런 사람인데 너는 어떤 사람이냐고 묻는, 그 간명하고 솔직한 메시지가 담긴 그녀의 편지였다. 그녀는 만약 내가 다시 글을 쓸 수 있게 된다면 꼭 답장을 해달라고 했다. 그러겠다고 약속을 했는지, 아니면 그냥 웃는 것으로 답을 회피해 버렸는지는 기억나지 않는다. 아무래도 후자였을 것 같다.

그녀와 소원해진 특정 시점을 꼽기는 힘들다. 혼자 있는 시간이 절실했기 때문에 주말 외출을 삼갔고, 평일에도 약속을 만들지 않았다. 자연스럽게 그녀와의 만남도, 연락도 뜸해졌다. 1년쯤 지나 건강 문제로 회사를 그만두면서 딱 한 번 그녀의 직장으로 편지를 보냈고 아버지에 관해 적었던 걸로 기억한다. 자세한 이야기는 생략한 채 아버지의 부재와 언젠가 아버지 이야기를 써보고 싶다는 바람 정도를. 시간이 꽤 걸리긴 했지만 어쨌든 답장을 한 셈이었다. 편지를 쓰면서 다른 건 몰라도 그런 믿음은 있었던 것 같다. 그녀라면 이해할 거야. 사람에 대한 경계심과 관계에 대한 냉소가 극에 달했던 시기에 그녀는 나를 여러 번 웃게 했고, 무엇보다 내가 다시 언어를 더듬더듬 되짚어 쓸 수 있도록 도와준 사람이었다. 그래서 그 막연한 믿음은 아무래도 좋았다.

5.

그녀를 만나기로 한 날, 햇살이 순했다. 공기는 적당히 가벼웠고 간혹 바람이 불었다. 무심코 하늘을 올려다봤다. 아름다웠다. 삶은 더없이 아름답다가도 불현듯 한순간 어찌해 볼 수 없이 산산조각이 난다. 온몸으로 그것을 겪게 된 사람들. 아직도 저 멀리 바닷속에는 돌아와야 하는 그들이 있었다. 나는 서둘러 고개를 숙였다.

먼저 와 기다리던 친구가 나를 보고 자리에서 일어섰다. 나는 그녀의 자리로 천천히 걸어가 그녀를 안았다. 나보다 체구가 조금 더 작고, 마른 그녀의 어깨뼈가 내 쇄골에 닿았다. 그녀가 내 등 뒤로 두른 팔에 힘을 주었다. 그녀의 몸은 더 작아지고 무언가가 빠져나간 껍데기처럼 부피감이 없었다. 마음이라고 다르지 않을 것 같았다. 그녀는 모르겠다는 말을 자주 했다. 무슨 일이 벌어진 건지 모르겠다, 뭐가 잘못된 건지 모르겠다, 어떻게 해야 할지 모르겠다……. 조카에 대해 이야기할 때는 입술이 자주 떨렸다. 개별적 슬픔에 대한 일반화는 흔하다. 상실이란 그런 것이며, 죽음 역시 그런 것이라는 말 아닌 말들에 그녀는 지쳐 있었다. 나를 지치게 했던 많은 말들이 또한 그랬다. 그러나 그녀가 지금 마주한 혼란과 내가 여전히 겪고 있는 그것이 같다고 할 순 없었다. 나는 주로 듣고, 끄덕이며, 간혹 그녀의 손을 잡았다.

조카의 죽음에 관한 얘기는 그것과 닿아 있는 가족, 남은 사람들의 삶에 관한 것으로 자연스럽게 이어졌다. 살아 있는 사람은 오로지 죽음에 관해서만 얘기할 수 없다. 삶과 유리된, 단지 죽음에 대해서만 말할 수 있는 사람은 이미 살아 있지 않다. 그래서 자꾸 죽은 이들에게 말을 거는 건지도 모른다. 무슨 일이 벌어진 건지 그 애는 알까? 혼잣말처럼 얘기하던 그녀가 그러고 보니 잊고 있었다는 듯 물었다.

"가끔 궁금했었는데, 아버지 얘기…… 결국 썼어?"

나는 혹시 전해 줄 수 있다면 그러고 싶어서 가져간 책 한 권과 CD를 꺼내 내밀었다. 1년여 작업 끝에 완성된 것으로, 원주라는 도시를 테마로 한 글과 음악이었다. 이왕 같이 놀 바에야 뭔가 남을 수 있게 놀아 보자는 한 친구의 말로 시작된 일이었다. 그 친구가 원주로 이주하면서 그곳을 자주 왕래하게 된 사람들 아홉이 원주를 테마로 글을 쓰고 그 글을 기반으로 원주 토박이 뮤지션이 음악을 만들어 책과 CD로 묶어 보자 했다. 작업 제안을 받을 즈음 나는 언제까지 혼자 글을 쓸 수 있을까, 자주 막막하고 답답한 상태였다.

첫 직장을 그만두고 프리랜서와 짧은 직장 생활을 반복하면서 이런저런 글을 써왔다. 대부분 잡지 기사나 칼럼, 번역 일이었고 내 이름으로 나온 책도 있었지만 소설은 아니었다. 나는 내 글이 어떤 좌표를 그리고 있는지 알지 못했다. 그런데 왜 계속 소설을 썼을까? 예전처럼 쓰는 게 마냥 좋아서가 아니었다. 당장의 밥벌이에 치이면서도 쓰는 사람으로서의 정체성을 놓고 싶지 않았다. 그래야 주식과 아파트 평수와 새 차를 고민하는 사람들과 내가 구별될 거라 여겼다. 그게 내가 차마 놓을 수 없는 어떤 오만이었을 테고, 나는 어떤 자극도 없이 그 안에 갇혀 있었다.

작업의 가장 큰 난관은 참여 필자 대부분이 한 번도 소설을 써본 적 없다는 데에 있었다. 시놉시스를 가지고 만난 첫날, 매뉴얼 형식으로 소설을 써보고 싶다던 한 사람은 말 그대로 매뉴얼만 스무 장을 뽑아 왔고 정확히 뭘 쓰고 싶은지 감을 잡지 못했다. 다른 사람들도 그다지 다르지 않았다. 난감했다. 나는 혹여 내 오만을 들킬세라 부러 말을 아끼면서도 걱정이 되기 시작했다. 얼마 후 기우였다는 걸 알았다. 잊고 있었던 탓이다. 누구나 자기 이야기가 있다는 것. 글을 쓴다는 것은 곧 글을 읽는 감각도 함께 사용하는 일이라는 것. 만남을 거듭할수록 달라진 건 그래서 그들의 글만이 아니었다. 서로의 글을 읽고 이야기하면서 다른 사람이 쓴 글을 보는 시선도 달라졌다. 쓰고 있기 때문에 짐작할 수 있는 타인의 시간, 단어 선택의 망설임, 문장에 담긴 감정들을 그들은 나날이 가깝게 읽어 냈다. 그리고 읽은 만큼 써나갔다.

본격적으로 각자의 이야기를 채워 나가던 무렵, 간혹 그런 말들이 오고 가기도 했다. 소설 배경 묘사 때문에 평소 무심히 지나쳤던 길을 바라보는 시선이 변했다고. 소설 속 대화에 쓸 수 있을까 싶어 회사에서 사람들의 대화에 귀를 기울이게 되었다는 말도. 또한 무심코 흘려 보냈던 생각들을 붙잡아 메모하는 버릇이 생겼다는 얘기를 들었을 때 나는 그들과 내 삶에 미세한 변화가 일어나고 있음을 느꼈다. 관찰하고, 귀 기울이고, 기록하게 된, 이 대수롭지 않은 듯한 변화는 '나'와 타인, '나'와 세계의 관계가 미묘하게 달라졌다는 걸 의미했다. 그들은 어떤 허세나 자만 없이 달라진 시선과 감각으로 자기 안의 이야기와 타인의 이야기에 공명하려고 애썼다. 그것이 지금껏 휩쓸려 살아온 삶에 대한 부채를 갚는 일이 아니겠냐는 한 사람의 후기는 오래 마음에 남았다. 그녀는 진지한 표정으로 책장을 넘겼다.

"그러니까, 아홉 명이 서로의 이야기에 귀 기울인 책인 거네……."

내가 몇 사람의 글에서 결핍과 외로움을 읽었듯이 그들도 내 글에서 어떤 상실과 부재를 읽어 냈다. 어쩌다 혼자 남게 된 사람에 대해 나는 썼다. 그전에는 불가해한 어떤 이유로 가까이 있지만 결코 만날 수 없는 사람들을, 또 그전에는 죽은 자도 슬픔을 느낀다는 가정하에 그 궤적을 좇는 이야기를. 그렇게 줄곧 아버지가 다른 모습으로 내 글의 중심에 있었다. 그래서 내가 삶이나 죽음에 대해 중요한 무언가를 이해했느냐 하면 그건 아니었다. 여전히 막막했고 안다고 믿었던 것들이 한순간에 무너졌다. 그러면서도 누군가에게 손을 내밀거나, 쉽게 내려놓지 못했던 양 어깨의 오만. 그들이 내 글에서 한 존재의 상실과 아픔을 성실히 읽어 냈을 때 나는 다시 되돌아갈 수 있었다. 이해하고 이해받고 싶어서 절박하게 쓰던 때로. 성실히 관찰하고, 귀 기울이고, 기록하던 마음으로.

꼼꼼한 시선으로 내 글을 읽고 있는 그녀를 놔두고 밖으로 나왔다. 앞에 앉아 있기 머쓱했기 때문이었는데 통유리창 너머의 그녀를 밖에서 보고 있자니 이상한 기분이 들었다. 본질적으로는 다르지 않을 그녀와 나의 경험은 그러나 그녀가 저기 있고, 내가 여기 있는 것처럼 시간이 만든 거리와 온도 차가 분명 존재했다. 문득 느낄 수 있었다. 그 시간으로부터 어쨌든 이 정도 살아오긴 했구나. 창 안쪽에서 그녀가 손을 흔들었다. 다 읽은 모양이었다. 안으로 들어가자 그녀가 성큼 걸어와 나를 안았다. 말없이 그냥.

6.

어쩌다 떠나게 된 삶들과 남게 된 삶들이 한꺼번에 침몰한 지 백 일이 넘었다. 아직 돌아오지 못한 사람들이 있다. 그리고 기다리는 사람들이 있다. 처음의 분노는 고갈되고 슬픔은 굳어 버렸을 시간. 기다리는 가족들은 무섭게 커지는 외로움이 지금, 가장 두려울지도 모른다. 그들을 떠올리면 여전히 말이, 언어가 힘을 잃는다. 불운이 삶을 단련시킨다든가, 상처가 사람을 강하게 만든다든가 하는 말을 나는 믿지 않는다. 어떤 불운과 상처는 삶과 사람을 집어삼켜 영영 회복 불가능한 상태로 만든다. 절박함을 안고 사람들은 자신만의 방식으로 남은 생을 이어 간다. 세상의 언어가 좌절이나 실패, 우울이라고 표현하는 그것을 누군가의 언어는 참담함을 견디는 안간힘이라고 할 것이다. 이해하고 싶다고 쓸 것이다.

그녀를 만나고 며칠 후 편지를 썼다. 예전 그 어둡던 시간에 그녀가 내게 전한 마음을 기억했다. 답장은 없었다. 오래 걸릴 것이라 생각했다. 두번째 편지에는 책 한 권과 그곳에서 고른 문장 하나를 같이 보냈다.

사랑하는 이의 죽음을 막지 못하고서, 바로 그 사람이 없다고 마음의 갈피를 못 잡는 스스로를 용서하라. (론 마라스코·브라이언 셔프, 『슬픔의 위안』, 김명숙 옮김, 현암사, 2012, 101쪽)

여전히 내게 해결되지 못한 채 남아 있는 그 물음, '나는 아버지의 죽음에 무고한가?'에 대한 누군가의 답변인 셈이었다. 그것이 그녀의 죄의식에도 가 닿길 바랐다. 얼마 후 그녀로부터 답장을 대신한 짧은 문자를 받았다. 언젠가 그녀도 글을 쓰고 싶다는 말. 뭐가 됐든 기록해야겠다는 생각이 들었다는 말. 그녀는 벌써 제목도 정해 놓았다고 했다. '슬픔이 이야기하다.' 나는 제목이 무척 좋다고 답했다. 네가 그랬던 것처럼 살면서 기다리겠다고도. 그녀에게 책이나 편지를 전한 데에는 그런 마음이 있었다. 그녀의 편지가 나를 다시 언어와 조우하게 했듯이 나나 또 다른 누군가의 상실에 대한 기록이 그녀에게도 그런 일을 해줄 수 있길 바라는.

나는 아직도 문학이 무엇인지, 좋은 소설이나 시가 어떤 것인지 잘 모른다. 내가 겨우 말할 수 있는 건 불가해한 삶, 갑작스레 닥친 상실, 온전히 실감할 수 없는 슬픔에 대해 이해하고 이해받기 위한 시도로서의 글쓰기다. 그럴 때 쓴다는 건 지극히 개별적인 내 슬픔이 타인의 그것과 조심스레 손을 잡는 일이다. 나의 슬픔은 이러한데, 너의 것은 어떠니 하고. 그러기 위해서 시선을 돌리고, 귀를 기울이며, 잊지 않고 기록하는 것부터 시작할 수밖에 없다.

그녀가 정말 글을 쓰게 될지는 모르겠다. 다만 쓰게 된다면 어떤 글이 될지는 알 것 같다. 떠난 이들이 문자나 영상으로 남긴 마지막 메시지처럼 어떤 글쓰기는 간절한 구조 요청이다. 마지막으로 남기는 사랑의 메시지다. 매 순간 절박한 기다림이다. 생을 기원하고 사를 거부하는 안간힘이다. 끈질기게 이어지는 애도이다. 적어도 한 사람에게는 그랬다. 또 다른 한 사람에게도 그럴 것이다.

버려진 것들, 숨겨진 것들, 되찾은 것들

최은주

최은주
몸문화연구소 연구원. 건국대에서 영미문학비평을 전공했고, 현재 건국대와 백석대에 출강하고 있다. 우연한 기회에 공부를 하게 되었지만, 글을 쓰고 싶다는 어린 시절의 꿈을 이룰 수 있지 않을까 하는 막연한 기대감이 있었다. 그러나 오랫동안 글을 쓸 엄두를 내지 못했다. 글을 쓴다는 것은 오롯이 나를 바치지 않으면 불가능한 일이었다. 무엇보다 고독 속에 빠지는 것이며, 무관심한 삶에 끈질기게 매달리면서 평범하고 익숙한 것을 변모시킬 수 있어야 했다. 이제야 조금씩 익숙한 것들의 층위와 결들을 낯설게 만들면서 나 자신과 글을 쓰는 나를 새롭게 정립하는 중이다. 어릴 때 자주 아팠던 경험 때문에 자연스럽게 질병과 죽음에 대한 의학적·사회문화적 해석에 관심을 갖고 연구한 것을 토대로 인문학 강의를 하였고 책을 썼다. 궁극적으로는 상호 인정을 바탕으로 하는 공동의 '좋은 삶'에 대한 글을 쓰고 싶다. 「정상과 비정상의 경계로서의 몸」, 「대도시 삶에서의 관계의 운명과 감정의 발굴」 등의 논문과 『내 몸을 찾습니다』(공저), 『내 친구를 찾습니다』(공저), 『우리는 가족일까』(공저)와 『죽음, 지속의 사라짐』, 『질병, 영원한 추상성』(근간) 등의 책을 펴냈다.

… 진부한 일상을 벗어나는 법

나는 영문학자이면서 대학 소속의 한 연구소에서 몸과 관련된 사회·문화 현상을 연구하고 있다. 특히 일상 세계에서 마주치게 되는 부조리한 문제들을 다루었고, 그 결과물로 '죽음'과 '질병'에 관한 책을 쓰게 되었다. 주위 사람들은 어째서 다른 것도 아니고 죽음과 질병과 같은 무겁고 어두운 주제로 글을 썼느냐고 물었고, 죽음에 대해 할 만한 이야기가 있다는 것에 대해서도 의아해했다. 이미 잘 알려진 문제이며, 동시에 인간이 '보잘것없다'는 것을 드러내 주는 '버리고 숨겨야' 할 것들이기 때문이다. 질병은 우리의 일상 속에서 작든 크든 존재하고, 삶의 필연적인 귀결이 죽음이라는 것은 거론할 필요가 없는 사실이다. 그러나 일상 세계가 하찮고 권태로울지라도 삶의 전체를 차지하듯이, 일상에서 우리는 당연히 여러 가지 질병을 경험하고 여러 사람의 죽음을 만난다. 바로 그 당연함으로서의 질병과 죽음이 세계의 철학, 문학, 예술, 사회를 가로지르고 다양한 해석을 낳는다. 나의 글쓰기는 그 해석적 담론들이 지배하는 어느 지점에서 시작되었다. 이제 그 이야기를 우리가 몸담고 있는 일상 세계로부터 시작해 보겠다.

누가 일상을 위대하다 했는가? 일상은 다람쥐 쳇바퀴 돌듯 권태롭다. 산꼭대기까지 바윗덩어리를 운반하는 시시포스의 운명처럼 인간의 일상은 반복적이다. 올려놓은 바윗덩어리가 쌓여 간다면 문제는 다르다. 그러나 시시포스가 바윗덩어리를 산 위에 내려놓자마자 바윗덩어리는 산 아래로 다시 굴러떨어지게 되어 있다. 그는 굴러떨어진 바위를 기약도 없이 올리고 또 올려야 한다. 표가 나지 않는 일을 반복한다는 점에서 그의 삶은 현대인의 삶과 다르지 않다. 다른 것이 있다면, 현대인은 일상의 권태를 벗어나기 위해 많은 것들을 발굴하였다는 점이다. 전쟁과 같은 드라마틱한 사건 대신 일상을 달래 줄 여가가 중요해지면서 여행과 놀이, 스포츠가 개발되었고, 몸에 대한 관심의 급증으로 미용과 건강까지 포함되었다. 물론 이러한 것들은 소비 시장과 결부된 지불 비용이 따르는 물질적인 것들이다. 놀이는 동네나 집 앞 놀이터를 벗어나 리조트와 테마파크로 이동하였고, 운동은 레포츠라는 이름으로 전문 등산가나 운동선수나 쓸 법한 기능들을 갖춘 값비싼 장비를 필요로 하는 욕망의 대상이 되었다. 미용은 더 말할 나위도 없다. 화상 환자 전용이었던 피부 이식과 체형 보정을 위해 개발된 수술들은 미용을 위한 것들로 진보하였다. 갈수록 지불해야 할 삶의 비용은 증가되고 있다.

일상은 권태롭지만 권태로움을 달래 줄 수 있는 즐거움의 상상력은 이렇듯 소비의 영역으로 이동하였다. 일상과 현대성을 다룬 『현대 세계의 일상성』에서 앙리 르페브르가 지적한 대로, 일상에 대한 관심을 증가시키면서 관련 상품을 개발하여 소비 시장에서 수익을 내려는 '일상성의 수익성화'가 일어난 것이다. 소비 시장은 사람들로 하여금 자발적 선택을 하게끔 유도하는 신개념의 마케팅 전략을 개발하였다. 상품 광고뿐만 아니라 윤택한 생활을 위한 개선책을 내놓으면서 일상생활에 방향을 잡아 주고, 그것을 인도하고, 또 거기에 어떤 의미를 부여해 준다. 오늘날의 광고를 보면, 제품의 실용성을 과시하는 광고는 더 이상 존재하지 않는다. 대신 이미지를 생산한다. 잡지의 스냅샷이나 15초 광고의 이미지에 의해 보잘것없는 삶들이 영화처럼 변하였고, 낭만적 사랑 또한 구매 가능할 법한 것이 되었다. 이미지가 현실 안으로 들어온 것이다.

우리는 바로 광고 속의 삶을 현실에서 꿈꾼다. 연예인의 이미지는 카메라 기술의 아우라 속에 갇힌 환상이 아니다. 그들의 몸과 얼굴, 그리고 그들이 걸친 옷과 구두는 일반인의 현실을 점령했다. 자동차 광고는 오지로의 여행에 대한 설렘과 정열의 이미지를 선사한다. 항공사의 광고는 우리를 꿈과 신비의 세상으로 데려다 준다. 그러나 여행도, 여가도 가격별 맞춤 형식에 의해 기획된다. 비용을 지불하고 비행기와 관광버스에 오르기만 하면 된다. 등급에 맞는 호텔로 안내받을 것이며, 가격에 맞는 식사가 제공될 것이다. 그리고 기획된 코스대로 여유롭게 역사의 땅과 아름다운 풍경을 밟을 것이다. 길을 잃어버릴 걱정은 하지 않아도 된다. 모험도 필요 없다. 오로지 안락하고 쾌적한 여정만 있을 뿐이다.

목적 없는 무전여행을 권하기라도 하면, 사람들은 화들짝 놀란다. 돈 없이는 어디 한 발짝도 내디딜 수가 없다는 것이다. 설렘과 정열, 꿈도 돈을 지불해야 할 것들로 변모한 것이다. 이제 물질에 의존하지 않고 할 수 있는 것은 아무것도 없다. 당장 문밖을 나서는 것도, 사랑을 하는 것도, 여행을 하는 것도, 운동을 하는 것도 무엇 하나 지갑을 열지 않고는 불가능해 보인다. 이렇게 되면 사람들은 더 오래, 더 많이 일해야 한다. 그런데 광고는 사람들로 하여금 소비에 대한 강요가 아니라, 그전에 식습관과 생활에 대한 지식부터 제공한다. 그리고 그 지식은 자기 삶의 자발적인 개선을 위한 소비를 촉구한다. 자발적인 선택을 한 것이라고 믿게 만들기 때문에 더 많이 일하면서도 사람들은 즐거운 소비를 꿈꾼다. 쇼핑이 인생의 재미 절반을 빼앗아 갔다.

... 삶을 위해 버려야 할 것들

인간이 재미를 잃어버리게 된 것은 이미 오래전부터다. 어디에선가 읽은 기억이 난다. 인간의 야수성이 제거되었다는 한 가지 증거가 집이라는 내용이다. 언제나 돌아올 수 있는 '즐거운 나의 집'에서 인간은 다름 아니라 야수성을 억제하고 문명인으로 길들여진 것이다. 음식을 먹는 방식, 옷을 입는 방식, 심지어

섹스를 하는 방식까지 교양의 옷을 입힌 문명화 과정을 겪었다. 질병과 죽음은 말할 것도 없다. 질병은 건강한 사회 구현을 위해 집중적인 격리 치료의 요구에 부응한 병원의 발전을, 죽음은 깨끗한 도시계획에 맞춘 위생 처리 기술의 발전과 장례의 간소화를 가져왔다. 모든 것은 삶에 맞추어져 더 나은 방식으로 진화된다 하지 않았던가. 그렇다면, 지금 우리는 가장 진화된 상태로 살고 있는 것이 분명하다.

그런데 시간이 갈수록 수많은 병명이 쏟아져 나온다. 암은 물론 심장과 뇌, 척추와 관련된 병들은 이미 널리 알려진 지 오래다. 그 외에도 다양한 병들이 추가되었다. 특정 질병이 특정 시기에 부각되는 것은 의료 기술이 그 병들을 유행시키기 때문이다. 다시 말해, 그 병들의 연구에 매진하였고 수술에 성공하였기 때문이다. 그러나 그보다 더 많은 희귀병에 불치라는 진단을 내림으로써 여전히 인간을 고통 속에 버려 둔다. 오늘날의 공익 캠페인을 눈여겨보면, 과거 가족계획이 주된 내용이었던 것과 달리 국민 건강을 지상 최대의 목표로 삼는다는 것을 알 수 있다. 그런데 국민건강보험공단이 제시하는 검사 목록에 올려진 질병에는 한계가 있다. 고통을 겪어야 하는 개인으로 봤을 때, 목록에 기재된 질병을 겪지 않는다 해서 건강하다고 장담할 수 없는 것이다.

여기에서 건강에 대한 정의는 애매해진다. 개인이 느끼는 질병의 고통이 각기 다르고 직업에 있어서도 표준화된 건강의 기준이 존재할 수 없다. 똑같은 병에 대해 병원에 가야 하는 사람도 있는 반면, 알약 한 알이면 충분한 사람도 있다. 어떤 직업에서는 전혀 영향을 미치지 않는 병이 특정 직업에서는 치명적일 수도 있다. 이것에 대한 담론 또한 유행하는 질병에 따라 달라진다. 끝없이 수정되는 식품 영양소에 대한 지식 또한 과다하게 범람하며 사람들의 관심을 건강으로 끌어 모은다. 지식사전에 나오는 건강에 대한 정보는 진리라는 것을 선사하지만, 그 진리에는 또 다른 메시지가 있다. 전문 용어로 불리는 식품의 성분은 그동안 모르고 있던 사실을 심각하게 던지면서 우리 자신을 전문화시키는 것 같지만, 먹을 수 있는 것보다 먹어서는 안 되는 것이 훨씬 더 많아 우리의 삶이 위험으로 가득하다는 겁을 주면서 식습관의 개혁을 유도한다. 건강염려증으로 일상 세계를 덧칠하게 만들고 있는 것이다. 따로 비타민을 먹어야 하는지 먹지 않아야 하는지는 더 이상 선택사항이 아니다. 전문가의 토론과 의학 기자의 칼럼은 오랜 식습관에 대해 라이프스타일을 바꾸도록 만든다. 전문적으로 몸을 만들어 줄 코치는 더 이상 운동선수만을 위해 존재하지 않는다. 그들은 연예인은 물론 일반인의 체형과 다이어트 식단에까지 개입한다. 이것은 어쩌면 장 뤽 낭시의 말대로 내가 내 몸을 영원히 모르기 때문일 것이다. 나의 몸을 가꾸려고 하는 것도 타인의 몸과 비교하는 시선으로 자신의 몸을 바라보기 때문이다.

그 어느 때보다 몸에 대해 광적이 되면서, 더 매끈하고 아름다운 몸을 위한 노화 방지와 다이어트는 건강이라는 이름으로 윤색되고 있다. 물질이 풍요해졌고 먹고사는 문제가 차지하는 비중이 예전보다 작아졌지만 욕구와 욕망의 범위는 훨씬 더 크게 확장되었기 때문에 항상 부족한 기분에 빠져 있다. 성형수술은 이미 자신감 회복이라는 측면에서 두둔된다. 두둔하는 사회적 시선은 점차 권장되는 분위기로 변하였다. 이와 같이, 몸의 기획에는 수명 연장과 건강한 노후 생활, 미용이라는 이름만이 있을 뿐 질병과 죽음은 포함될 수 없다. 인간은 그 어느 때보다 죽음을 직시할 줄 모른다. '웰다잉'(well-dying)에 대한 관심이 생겨나는 것 같더니 이내 사그라졌다. 죽음을 모른 체하고 싶어 하며, 그 어느 때보다 질병에 걸릴 것을 두려워한다. 질병과 죽음은 사람들에게 절망과 포기를 연상시키는 불길한 주제일 뿐이다.

수명 연장과 건강한 노후 생활, 미용과 같은 단어들의 활성화는 죽음과 질병의 소외를 가속화했다. 사람들이 자율적으로 선택하는 미와 젊음에 대한 광기는 사실 타인에 의해, 그리고 광고 매체에 의해 당연하고 친숙한 것으로 주입된 것이다. 건강하고 아름다워지기 위해 불행한 고민과 후회, 자책을 한다는 사실은 잊는다. 앞에서 이야기했듯이 운동의 필요성은 스포츠에 대한 전문 지식을 제공하면서 사람들을 전문가로 만든다. 이제 전문 등산가에게나 필요했던 값비싼 장비와 등산복, 등산화가 건강을 보장해 준다는 듯이 소비 욕구가 조장된다. 이때의 소비가 더 이상 빈곤하지 않아도 되는 사람들을 이전보다 더 빈곤하게 느끼게 만드는 것이다. 소비 시장에는 욕망과 감정이 판매되고, 욕망과 감정의 동물인 인간에게 있어 자본은 개인의 삶을 좌지우지하는 권력이 되었다.

... 침묵의 세계에서 건진 언어

예전에 나는 인생이 우연이나 필연으로 교묘하게 직조된다고 생각했다. 가끔은 기적에 닿아 있다고 믿었다. 과학과 기술의 시대에 살고 있으며 심지어 마술 또한 학습되는 오락물이 된 시대에 살고 있지만, 그렇다고 어떤 우연에 기댄 일들이 설마 없을까 하고 생각했다. 낭만적 사랑을 고집스럽게까지 꿈꾸는 것은 낭만적 사랑이 더 이상 존재하지 않기 때문이리라. 그럼에도 불구하고 사랑에 이어 폭로되는 실망과 환멸의 보잘것없는 현실을 다독거려 주는 문학, 영화 등에 기댈 수 있었다. 동화나 민담의 마술적 이야기는 우리를 낯익은 것에서 낯선 미지의 세계로 데려다 주었다. 그렇게 미지의 세계의 살과 냄새를 느끼게 해주었던 마르케스가 얼마 전 작고했다. 그의 소설에는 '환상적 사실주의'라는 수식어가 붙을 만큼 마술과 마법이 살아 꿈틀댄다. 그것은 허황된 바보의 꿈이나 철없는 어린아이의 장난이 아니라, 꿈꾸게 하는, 그리고 모험하게 만드는 신비스러운 힘을 가지고 있다. 권태에 빠지고 감동을 잃어버린 사람들에게 의심과 불안이 아니라 에너지를 부여한다.

바닷물에 둥둥 뜬 죽은 사람을 건져내 수습하고 신원을 확인하기 위해 일도 안 나간 마을 사람들에게는 죽음과 삶이, 그리고 나와 타인이 구분되지 않는다. 그들에게 죽은 이 낯선 남자는 처치 곤란한 존재이거나 그들의 일을 방해하는 존재가 아니다. 사람들은 그의 장례를 치러 주기 위해 옷을 해 입히고 음식을 만들면서 그가 생전에 어떤 사람이었을까 상상한다. 주검을 대하는 사람들의 태도는 다정하기까지 하다. 아이들이 맨 처음 해변에서 죽은 남자를 발견하고는 모래에 묻고 또 파헤치면서 장난을 쳤듯이 죽음은 불쾌하고 무서운 남의 이야기가 아닌 것이다. 사람들은 그에게 닻을 매달지 않고 벼랑의 심연으로 떨어뜨린다. 그가 원하면 언제든지 돌아올 수 있게끔 하기 위해서였다(가브리엘 가르시아 마르케스, 「물에 빠져 죽은 이 세상에서 가장 멋진 남자」, 『꿈을 빌려드립니다』, 송병선 옮김, 하늘연못, 2014).

마을 사람들의 일상 세계는 물질로 한정되지 않는다. 그들은 삶과 죽음 모두를 하나로 바라보는 자세를 가지고 있다. 그것은 바로 시시포스의 삶을 권태로만 바라보지 않는 카뮈의 시선과 닮아 있다. 카뮈는 시시포스에 대해 산 위에 올린 바윗덩어리가 다시 산 아래로 굴러떨어지기 때문에 또다시 산 아래로 내려가 반복된 작업을 해야 한다는 사실이 아니라, 산 위로 바윗덩어리를 올린 바로 그때에 맛볼 희열과 다시금 산 아래로 내려가면서 옮겨 놓을 터덜터덜한 발걸음, 잠시지만 바윗덩어리가 없는 홀가분한 상태에서 느낄 만족감에 주목한다. 내려가는 동안 시시포스는 비로소 진정한 휴식을 느낄 수 있는 것이다. 그는 바윗덩어리에 의해 평생을 억눌리는 것이 아니라 오히려 순간을 영원으로 환원시킬 수 있는, 그래서 지루한 반복 행위가 아닌, 성취감으로 만족된 현재를 살 수 있다. 카뮈의 시선은 그런 순간 동안의 자유를, 그래서 더욱 희열이 되는 시시포스의 삶을 긍정적으로 바라볼 수 있다(알베르 카뮈, 『시지프 신화』, 김화영 옮김, 책세상, 1997).

이와 다르지 않은 것이 바로 '지금 여기'에서 발견하는 '보로메 섬'이다. 보로메 섬은 이탈리아 북부 마조레 호수에 잠겨 있는 세 개의 섬들이다. 장 그르니에는 더럽고 칙칙한 프랑스 북부 도시에서 우연히 허름한 꽃가게의 간판 '보로메 섬으로!'를 발견한다. 그곳과는 전혀 어울리지 않았기 때문에 작가의 가슴을 더욱 저리게 만드는 이름이었다. 그는 간판 앞에서 온갖 종류의 나무들과 하늘, 꽃향기를 느끼며 마치 실제로 보로메 섬들을 보는 것과 같은 기분에 빠져든다. 그리고 허름한 가게에 그 화려한 이름이 붙은 연유를 상상해 보지만, 미지의 세계가 약속하는 신기루 같은 매혹, 둘시네아(돈키호테가 찾아다닌 상상 속의 아가씨)를 찾으려는 꿈과 같은 것은 현실 어디에도 없었다. 그것은 냉혹한 현실을 확인하는 순간일지도 모른다. 그러나 작가는 비로소 먼 곳에 대한 사랑을 거두고, 그가 서 있는 곳의 태양과 바다, 꽃들, 그리고 농가의 문턱에 선 사이프러스 나무로 시선을 돌린다. 그 모든 것들이 바로 보로메 섬들이 될 것만 같았다(장 그르니에, 『섬』, 김화영 옮김, 민음사, 1993).

내가 방에서 바라보는 하늘과 산은 날씨에 따라 가깝거나 멀다. 서울에서 태어나고 서울에서만 평생 살다가 지방 소도시로 이사를 했을 때 세계 전체가 비어 있는 듯했다. 친구들이 "조용하냐"라고 물으면, 나는 농담처럼 "나만 입을 다물면 조용하다"라고 대답한다. 고요함은 인적이 없는 적막함 자체가 아니라 세속의 소음을 공기처럼 분해하는 넓은 빈 공간의 효과 때문에 가능하다. 사람들이 소도시를 답답하다고 말하는 것과 달리 소도시의 공간은 더없이 비어 있다. 그들은 비어 있음에 답답해하지만 그 비어 있음은 넓은 대기의 공(空)을 제공한다. 분명 사람들이 지나가고 있으며 차들이 내는 소음이 있다. 학교 운동장에서는 아이들이 농구를 하면서 고함을 지른다. 그러나 그 소리들이 사방으로 트인 공기와 빛을 만나는 순간 어디론가 빨려 들어간다. 그러므로 이곳에서 나는 더없이 먼 곳에 대해 가졌던 사랑을 느낄 수 있다. 나를 반겨 주는 나무, 바람 한 줌, 그리고 한 번의 눈인사가 있는 이곳이 바로 보로메 섬인 것이다.

무엇보다, 글을 쓰는 긴 시간 동안 답답함이나 권태로움 대신에 보로메 섬을 경험했다. 누구도 이곳에 박혀 있으라 내게 명하지 않았으며, 글을 쓰지 않는다고 천재지변이 일어날 것도 아니었다. 오랜 기간 방 안에 박혀 있어 건강을 해칠 수는 있었지만, 소도시의 비어 있음, 그 침묵을 통해 나는 스스로를 가두고 바로 그 안에서 보로메의 섬을 여행했다. 산과 바다와 계곡과 협곡의 풍경이 펼쳐졌다. 이것은 경치 이야기가 아니다. 어떤 철학자가 문학을 "낯섦"의 경험이라고 했듯이(자크 랑시에르, 『정치적인 것의 가장자리에서』, 양창렬 옮김, 도서출판 길, 2008, 211쪽), 글을 쓴다는 것은 익숙한 곳에서 경험하는 낯설음인 것이다. 침묵이 있었기에 비로소 언어가 발생할 수 있었던 것이다. 그 경험 덕택에 여름이면 짐을 싸 낯선 도시로 떠나곤 했던 나의 습관은 그 여름—뒤에서 이야기하게 될 '죽음'을 주제로 책을 쓰던 기간—에 파괴되었다. 떠나지 않으면 견딜 수 없다고 생각했던 고정관념도 변하게 마련인 것이다. 스스로 가둔 방 안은 덥고 푸석거렸지만, 나는 그 어느 때보다 자유로웠다. 상상의 세계는 나를 어디로든 데려다 주었다.

『침묵의 세계』에서 막스 피카르트는 말은 펼쳐진 침묵 위로 움직여 가는 것이라고 했다. 그리고 "인간은 자신이 나왔던 침묵의 세계와 자신이 들어갈 또 하나의 침묵의 세계—죽음의 세계—사이에서 살고 있다. 인간의 언어 또한 이 두 침묵의 세계 사이에 살고 있고, 이 두 세계에 의해 유지되고 있다"라고 했다(『침묵의 세계』, 최승자 옮김, 까치, 2010, 44쪽). 나는 이 느낌에 대해 알고 있다. 어릴 때부터 아파 누워 있던 시간이 많았던 나에게 그 시간들은 고열과 나 자신의 싸움에서 비롯되는 고독, 그리고 어머니의 걱정이 담긴 시선이 채워지는 순간이었다. 이때의 나는 『잃어버린 시간을 찾아서』의 화자처럼, 열에 들떠 현실과 상상이 오락가락하는 시간들을 경험했다.

> 오래지 않아 자정. 그것은 예컨대 이러한 시각이다, 병을 무릅쓰고 나그네 길을 떠나 생소한 여관에서 묵어야 했던 사람이 발작으로 깨어나, 문 밑에 먼동이 트는 햇살을 보고서 기뻐하는 시각. 고마워라, 이미 아침이다! 곧 하인들이 일어나겠지, 초인종을 울릴 수 있겠지, 도와주러 오겠지. 편해진다는 희망에 아픔을 참는 힘이 솟는다. 바로 이때, 발자국 소리를 들은 것 같다. 발소리가 다가왔다가 멀어진다. 문 밑의 광선이 사라진다. 자정인 것이다. 지금 가스등을 끈 것이다. 마지막 하인은 가버렸다. 그리고 그대로 약 없이 밤새도록 괴로워해야 한다.
> 나는 다시 잠든다. 그러고 나서는 이따금 잠에서 깨어나는 일이 있어도 잠시뿐, 판자가 말라서 갈라지는 삐걱대는 소리를 듣거나, 눈을 뜨고 어둠의 만화경을 응시하거나, 모든 게 잠겨 있는 잠을 의식에 비추는 순간적인 빛으로 맛보는 것 같은 매우 짧은 잠시뿐, 세간과 방, 그 밖에 여러 가지, 나도 그 한 부분에 지나지 않지만, 그러한 모든 게 잠겨 있는 잠의 무감각에 금세 합치고 만다. (마르셀 프루스트, 『잃어버린 시간을 찾아서 1』, 김창석 옮김, 국일미디어, 1998, 8~9쪽)

아픈 순간에 모든 것은 깨어 있다. 소리에 대해서도, 냄새에 대해서도 신체기관은 그 어느 때보다 예민하게 움직이기 때문에 외부로부터의 자극은 몇 배로 강렬하게 느껴진다. 나만 깨어 만나게 되는 비어 있는 세계, 그곳에는 침묵만 있을 뿐 말은 없다. 그러나 소설은 내밀한 침묵을 찢고 병중의 화자가 불면으로 기다리는 아침과 좌절의 순간을 놓치지 않고 표현한다. 나는 자주 아팠던 덕택에 의학 기술은 물론 비방이라고 하는 미신적 방법에도 자주 노출되어 봤다. 어머니는 자식을 잃을까 봐 병원은 물론, 이 동네 저 동네에서 용하다는 민간요법 의사에게 나를 데려가곤 하셨다. 아프다는 것은 내게 두려운 것 이상의 경험이었다. 나는 자주 학교 교실의 빈 의자의 주인이었으며, 따라서 모든 의무에서 예외가 될 수 있었다. 예외가 된다는 것은 어쩐지 특혜를 받는 기분을 만들어 주었다.

반면에, 성인이 되어 환자가 된다는 것은 일상을 떠나야 한다는, 일상생활의 중지를 결정한다는 것이다. 평범한 날의 일상은 그저 흘러가는 아침이며 저녁이지만, 아픈 날들의 일상은 내가 놓쳐 버릴 소속에 대한 절박함이었다. 따라서 예외가 된다는 것은 분명 두려운 일이었다. 르페브르는 일상의 비루함 속에도 집요함이 존재한다고 했다. 어떤 사건에도 불구하고 일상은 그 모든 것을 덮고 이어진다. 칙칙하거나 어두운, 혹은 뻔한 '질병'과 '죽음' 또한 일상 세계의 일부이다. 언제나 우리에게 기식하는 것들이다. 그러나 그것들은 일상 세계를 방해하는 유해한 것으로 인식된다. 건강하지 않다면, 혹은 이미 병력을 가지고 있다면 일상에서 순조롭게 살아가기 어려운 존재로 낙인찍힌다.

최대한 일상생활 속에 머물러 있어야 한다. 일상을 놓치면 설계해 둔 모든 일정에 차질을 빚는다. 즉시 누군가 나를 대신할 것이다. 이때의 태도는 권태로운 삶과는 전혀 다른 상황을 빚어낸다. 카뮈의 『페스트』에 나오는 오랑 지방 사람들은 지나치게 거센 기후와 사업적 거래, 쾌락으로 익숙해져 있어서 건강해야만 했다. 병을 앓는 사람에게는 아주 외로운 곳이다. 그러나 페스트가 도시에 창궐하자 전염병은 그들의 관념도, 어떤 법칙도 일상성도 파괴시켜 버린다. 비로소 사람들은 권태로웠던 시절의 아무 일 없는 '무사한' 지속성이 얼마나 행복한 것이는지를 깨닫는다. 일상의 진부하고 평범한 것들이 비일상적인 사건 후 사람들의 마음에 자극을 내고 감탄을 일으킨 것이다.

… 일상으로서의 죽음과 질병

'일상'을 주제로 한 공동서를 쓰는 일에 참여하게 되었을 때, 떠올린 주제가 바로 죽음과 질병이었다. 일상 속에서 몸은 여러 경험의 양상을 띠지만, 살아오면서 이런저런 병을 겪었던 나로서는 친밀한 주제가 아닐 수 없었다. 그리고 그것을 확장한 죽음과 질병에 관한 책을 각각 여름 한철, 겨울 한철에 썼다. 죽음과 질병에 관한 생각은 어둡거나 절망적이지 않다. 그것은 역사 속에서도 제쳐 둘 수 없었던 인간 삶의 일부였다. 죽음은 인간의 유한성을 일깨우는 동시에 삶의 태도에 깊은 영향을 미쳤다. 보고 싶지도 않고 볼 수도 없는 죽음이었지만 그림자처럼 나의 삶을 지배했다. 화려한 문명의 발전에도 불구하고 죽어야 한다는 사실은 날카로운 현실을 드러내 주었기 때문에 인간은 어떻게든 보상받으려는 듯이 삶을 살았고, 의학 및 식생활의 발전은 긴 수명을 선물로 안겨 주었다. 과거 재앙이나 죗값처럼 여겨졌던 질병이 환자를 사회적으로 무능력자로 소외시키자, 정상 혹은 건강에 매달리게 되었다. 건강과 질병, 미와 추, 남자와 여자, 정상과 비정상 등으로 경계를 설정하는 사회에서 질병은 불능과 비정상으로 해석될 뿐이다. 이와 같이 죽음이나 질병 자체의 현상이 아니라 죽음과 질병에 달라붙는 상징과 의미들이 나의 학문적인 안목을 키우게 했다. 그동안의 질병은 단지 나를 고통스럽게 하지 않았던가. 그리고 조직된 삶에서 격리시키지 않았던가. 질병은 일상적인 삶을 방해하고 마침내 중단하게 만들 때, 그래서 일상에서 퇴장하게 만들 때보다 정서적인 문제를 일으킨다. 그것은 병증에 따라 수치심을 유발하기도 하며, 정신적인 좌절감을 주기도 한다. 정상성의 척도로 바라볼 때 질병은 비정상이고 오로지 치료되어야 할 것으로 조명될 뿐이지만, 질병은 정상적인 일상 곳곳에까지 침투해 있다. 괴로움을 겪는 것은 개인이기 때문에, 환자가 되기로 결정하기까지는 개인 스스로가 느끼는 괴로움의 정도에 따라 정상적인 일상생활이 지속된다. 집집마다 여러 가지 상비약이

구비되어 있는 것도 그런 이유에서다. 두통과 열, 소화불량, 감기 등은 언제든지 급습한다. 이런저런 징후와 증상을 겪은 사람들은 의사나 약사가 아니더라도 어느 정도까지는 표준화된 두통약이나 소화제를 스스로 처방한다.

그러나 질병은 무엇보다 추상적인 것들이며, 동시에 내 일상을 지배하는 떼어 놓을 수 없는 것들이다. 추상적인 것 때문에 우리는 고통을 겪고 이 세상에서 사라진다. 지휘자 다니엘 바렌보임의 아내로 더 유명했던 첼리스트 재클린 뒤 프레는 '다발성경화증'이라는 병으로 42세의 나이에 세상을 떠났다. 다발성경화증은 신경 껍질의 붕괴로 신호를 전할 수 없게 되어 운동장애를 일으켜 걷지 못하게 되는 병이다. 이렇게 다발성경화증의 정의를 적어 놓고도, 나는 이 병이 무엇인지 정확히 알지 못한다. 질병과 죽음이 몸으로 오는 경험이라고 말할지 몰라도 질병과 죽음에서 오는 고통은 추상적이다. 그것을 언어로 보편화한다는 것은 개별적으로 다른 고통의 경험을 단순화시킬 가능성이 있다는 점에서 무모하다. 그러나 일단 걸맞은 언어를 낳는다면 그것은 침묵 속에서 진실과 허위에 대해 결단을 내린 결과이다. 내가 침묵 속에서 문학의 언어를 건져 올리는 것과 달리, 질병은 증상을 객관화하는 언어적 규명을 거쳐 떠들썩한 홍보와 광고에 의해 보편화되고 보급된다.

이 점에 대해 일찍이 독일의 철학자 가다머는 우려를 표했다. 척수성 소아마비에 걸려 22세의 나이에 침대 신세를 져야 했던 그는 자신을 둘러싸고 있는 고통을 스스로 극복하는 것이 삶의 경이로움이라고 생각했다. 『고통』에서 밝혔듯이, 당시 그는 철학 공부를 다시 했으며, 스무 권에 달하는 장 파울의 전집을 읽었다. 이후에 척추의 고통은 회복되었지만, 오래 걷지 않았기 때문에 다리가 쇠약해져서 짧은 시간의 테니스 운동만 할 수 있었으며, 75세에는 이마저도 포기하고 하이델베르크 오덴발트의 산책로만을 걸어야 했다(한스 게오르크 가다머, 『고통』, 공병혜 옮김, 철학과현실사, 2005, 27~28쪽 참조). 이렇듯 고통의 회복은 어떤 다른 것의 포기가 전제될 수 있다. 그러나 의학 기술에 전폭적으로 의존하여 모든 증상에 대해 약물 치료를 처방하는 것은 고통을 점점 더 이겨 낼 수 없게 만들 위험이 따른다. 항생제의 무분별한 투여가 면역체를 형성하여 정작 반드시 작용해야 할 때에 제대로 작용하지 못하도록 하는 것과 같은 원리이다. 가다머는 의학 기술이 가진 수많은 이점을 간과하려는 것이 아니라, 바로 그 의학 기술이 인간의 고유한 힘을 과소평가하여 극복할 수 있는 고통까지 더 참지 못할 것으로 훈련시킨다고 보았다.

이렇듯 질병과 죽음은 단지 신체만의 문제가 아니라 정치인 동시에 이데올로기를 담는 합의의 텍스트다. 의학 기술이, 제약회사가, 그리고 사회적 담론이 젊음과 건강과 미(美)의 소비 시장에 뛰어들었다. 여기에 가담하여 늙음과 질병과 죽음을 수치로 여겨 도시 밖으로 숨기자는 합의가 이루어졌다. 그런 합의에 도달하는 사람들은 어떠한 사람들인지, 그리고 그들의 시각은 완전한 것인지 의문을 제기하면서, 사회적으로 합의된 것에 대해 불일치한 경험을 제시하고 구멍을 내는 것, 그것이 글쓰기의 자유가 아닐까. 따라서 질병과 죽음에 대해 글을 쓰는 시간은 원래의 나와, 그리고 글을 쓰는 내가 '어떻게 살 것인가'에 대한 문제를 제기하고 답을 구하는 과정이다.

친애하는 카프스 씨

정은경

정은경

1975년 3월생. 14년차 북디자이너. 대학에서 철학을 공부했다. 말로는 어려운 것을 표현하고 싶을 때 글을 쓴다. 솔직하고 읽기 쉽게 쓰인 글을 좋아하고 감상주의로 흐르는 글을 경계한다. 하루의 3분의 1을 디자이너로, 나머지는 엄마·아내·주부로 산다. 걷고 듣고 읽고 쓸 때 오롯이 '나'가 된다.

미안합니다, 놀라셨겠지만 이해해 주세요. 어쩌면 당신에겐 이런 일이 처음이 아닐지도 모르겠네요. 아닙니까? 정말 미안합니다. 어쩔 수 없다는 말 외엔 변명거리가 없습니다.

방금 출판사 사람이 다녀갔습니다. 급작스런 방문에 당황한 나머지 둘러댈 말을 생각해 내지 못했습니다. 이렇게 어이없이 들키고 말았습니다. 맨 처음 투고할 때 가명을 쓰기 시작한 게 그 후로도 몇 번 썼습니다. 다들 그러지 않습니까? 왠지 본명을 쓰고 싶지 않더군요. 그렇게 하면 떨어져도 깨끗이 잊을 수 있을 거 같았나 봅니다. 기록에 안 남으니까 말입니다. 어쩌면 누구라도 내 이름을 알아볼까봐 그랬는지도 모르겠습니다.

이제 사실을 말씀드리겠습니다. 카푸스 씨, 나는 당신과 동갑내기입니다. 칠순을 바라보는 노인입니다. 인생을 살 만큼 살았으니 당신으로부터 칭찬 들을 이유가 없었던 셈이지요. 부디 노여움 푸시기 바랍니다. 새파랗게 어린 후학이 선배를 우롱하자 작정하고 벌인 일은 아니니 용서하세요. 이 일을 아직 아무에게도 말하지 않았습니다. 그러니 저로 인해 피해 보는 사람이 생기지 않기를 바랍니다.

며칠 동안 스스로에게 되물어 보았습니다. 왜 일이 이렇게 돼버리고 말았는지……. 지난 몇 년간 나는 무슨 생각으로 썼던 걸까요? 투고는 왜 했던 걸까요? 왜 그런 무례한 편지를 보낸 걸까요? (당신에게 곧장 전달될 줄은 꿈에도 몰랐습니다. 알았다면 감히 쪽지에 불과한 통보성 편지를 무례하게 보내진 못했을 겁니다.) 왜 이제 와서 마음이 바뀐 걸까요?

봉투를 받아들 때면 늘 가슴이 두근거립니다. 기대와 실망의 밀고 당김이 번번이 실망으로 끝났는데도 말입니다. 봉투를 만지작거리며 잠시 호흡을 가다듬었습니다. '실망하지 말자' 되뇌면서요. 봉투가 아주 고급이었습니다. 파란색 실크지에 금색 글씨가 독일산 잉크로 인쇄돼 있었는데 잉크 특유의 빛깔 때문에 단번에 알아챘지요, 오랫동안 인쇄 쪽에서 일했거든요.

놀랍게도 거기에 당신의 편지가 들어 있었습니다. 카푸스 씨, 당신에게서 친필 편지를 받아 본 사람이 몇이나 되겠습니까? 정말이지 벅차올라서 심장이 아플 정도였습니다. 저는 당신 책 초판본을 한 권도 빼놓지 않고 갖고 있습니다. 그런 당신으로부터 찬사라니! 어린 나이라고 믿을 수 없을 만큼 대단한 성과라고, 천재를 발견했다고……. 당장 만나자는 제안에는 정말 어쩔 줄 모르겠더군요.

카푸스 씨, 당신은 제 소설에 대해 자기 경험에 솔직하지 않고서는 나올 수 없는 글이라고 했습니다만……. 그동안 몇 군데 소설들을 보냈어도 어느 하나 내 것인 게 없었는데 웬 말인가 싶었습니다. 수많은 낮과 밤을 썼다 지웠다 반복한 끝에 겨우겨우 탈고하고는 딴엔 아주 그럴듯한 거짓말을 썼다고 흡족해했었으니까요.

당신의 단도직입적인 찬사 때문이었을까요? 편지가 없었다면 기쁜 마음으로 순순히 당선 소식을 받아들였을까요? 돌이켜 보면 그때 나는 기쁜 게 아니라 거의 낙담했던 것 같습니다. 당신의 편지를 읽어 가는 동안 쿵, 가슴속에서 무언가 내려앉았는데, 처음엔 그게 너무 벅차서인 줄 알았습니다. 샴페인을 꺼내 축하주도 마셨습니다. 방 안을 이리저리 돌아다니며 하하하 웃으면서 말입니다. 그러곤 수화기를 들었습니다. 영화에서 보면 기쁜 소식을 듣고 옆 사람과 포옹하거나 누군가에게 서둘러 소식을 알리지 않습니까? 나 역시 당선 소식을 전할 사람을 떠올린 겁니다. 신호음이 울리고 목소리가 들렸습니다. 웬일이냐고 묻는데, '…그냥… 별일 없나 해서……'라 말하는 내 목소리가 들리더군요. 그때 깨달았습니다. 내가 그 소식을 다른 사람에게 알리고 싶지 않아 한다는 걸요.

지난 며칠 동안 당신의 편지를 여러 번 되풀이해서 읽었습니다. 나의 이 황당한 행동에 대해서도 생각하고 또 생각했습니다. 내 소설을 찬찬히 다시 읽어 내려 갔습니다. 그리고 비로소 깨달았습니다. 카푸스 씨 당신이 옳았습니다.

카푸스 씨, 당신은 제때 학교에 들어갔겠지요. 어린 나이부터 글을 썼다고 했으니 아마 일찌감치 글을 알았을 겁니다. 나는 이런저런 이유로 좀 늦게 배우게 되었습니다. 글을 알아야 살아가기 편하다는 걸 깨닫고부터 혼자 틈틈이 익혔지요. 어린 나이에 노지 생활을 하게 됐거든요. 어떻게든 살려고 뭐든 열심히 했습니다. 카바레 담배 심부름, 세탁소 심부름도 했고 일종의 첩자 노릇도 해봤고요. 머리가 나쁜 편은 아니라, 또 꽤 싹싹하게 굴었는지 그럭저럭 해나갈 수 있었습니다.

어린 나이에 잡일들을 하다 보니 뭐라도 기술을 배워야겠다는 깨달음이 들더군요. 여기저기 기웃거린 끝에 열네 살 무렵 인쇄 쪽 일을 시작하게 됐습니다. 처음엔 책 모서리를 둥글리는 일부터 시작했어요. 어린데다 인쇄 쪽 경험도 전무했기 때문에 할 수 있는 일은 많지 않았습니다. 그래서 기술이 없어도 손으로 할 수 있는 일이 많은 제본소에서 먼저 시작한 거지요. 처음 제본소에 갔을 때, 긴 칼이 달린 재단 기계를 보고 감탄했던 기억이 있습니다. 두툼한 종이가 묵직하게 산뜻한 소리를 내며 베어지는 장면에 매료됐지만 어린데다 초보인 저에게는 쉬운 일부터 주어졌습니다. 귀돌이가 들어가는 책은 주로 성경이었는데, 다른 책은 귀돌이를 하는 경우가 별로 없어서 일이 적었어요. 금칠이나 양장 가죽 풀칠을 도울 땐 미술 시간처럼 느껴지기도 했고……. 한동안 재밌었지만 까다롭고 정교한 기술일수록 대접받는다는 걸 알게 된 후로 관심은 금세 사그라들었습니다. 무엇보다 돈을 벌고 싶었거든요.

인쇄 공장 일도 여느 공장과 마찬가지로 2교대 노동이지만 제가 다닌 공장은 주로 책을 만드는 곳이라 자부심들이 있었습니다. 급료도 많은 편이었는데, 특히 경험 많은 1급 기장은 대우가 달랐습니다. 나도 인쇄 일을 배워서 돈을 벌고 싶었지만 밑에서부터 배우며 기장 될 날을 손꼽아 기다리는 보조들이 있었기 때문에 제본에서 인쇄로 넘어갈 기회는 쉽게 오지 않았습니다. 그러다 열일곱에 인쇄소로 들어가게 됐는데, 누군가의 불운이 제게는 행운이 된 덕분이었습니다. 그 사연을 자세히 적지는 않겠습니다. 제가 하려는 얘기는 거기서 만난 한 남자에 관해서입니다.

그는 눈에 띄는 사람이었습니다. 훤칠한 키 때문에 유난히 뽀얀 피부 때문에 사람들 틈에서도 유독 눈에 띄는 사람이 있지 않습니까, 그는 그런 류가 아닌데도 눈에 띄었습니다. 아주 또렷한 윤곽선을 가진 드로잉처럼요. 몸집도 보통에 우락부락한 것도, 걸음걸이가 유별난 것도 아닌데도 눈에 띕니다. 희한한 건, 눈에 띄지만 이내 사라진다는 겁니다. 전신주 같은 첫인상이랄까요……. 첫눈에 확 들어왔다가 돌연 사라져 버립니다. 마치 슬며시 망토를 벗었다 썼다 하는 투명인간처럼 나타났다 사라지는 사내. 열네 살 여름, 그를 처음 보았습니다.

처음 만나던 날, 그는 다정하게 웃으면서 먼저 말을 걸어왔습니다. 어린 내가 안쓰러웠던 거겠지요. 몇 마디 주고받다

보면 금세 편해지는 사람 있잖습니까, 농담도 재밌고 익살맞은 구석도 있는 남자였어요. 하지만 그는 때때로 영 다른 사람이 되곤 했습니다. 먼 데를 응시한 채 같은 자세로 담배만 물었다 놨다 하는 그, 손을 주머니에 찔러 넣은 채 땅만 내려다보며 제본소 문을 나서는 그에게는 결코 말을 걸어선 안 될 것 같았습니다.

처음 제본소에 간 날, 종이 자르는 재단기가 눈에 띄었다고 했지요? 감탄했다고요. 그 느낌이 실은 재단기를 다루고 있던 남자로부터 왔다는 걸 깨달은 건 꽤 오랜 시간이 흐른 후였습니다. 그가 움직일 때마다 몇 개의 소리들이 리듬을 그리며 동그랗게 퍼져 나갔습니다. 종이를 끌어당기고 레버를 잡아당기는 동작을 반복하는 그의 뒷모습은 마치 우아한 피아노 연주자 같았습니다.

그는 저에게 참 많은 걸 주었습니다. 제본소에서 일하는 동안 그에게서 재단기를 배웠고 덕분에 급료도 오르고, 얼마 후 애인도 생겼습니다. 그는 따로 방을 얻어 살고 있었는데, 이따금 우리 가난한 연인에게 방을 빌려 주곤 했습니다. 야구장도 그와 처음 가봤고……. 여러모로 저한테는 친삼촌 같은 존재였지요. 하지만 내가 인쇄소로 옮겨 가면서부터는 쉬는 시간에 함께 담배를 피우거나 카드놀이가 있는 날 말곤 뜸해졌어요. 그 무렵 저는 따로 방을 얻어 애인과 살림을 시작했고 정식 기장이 되어 활개 치고 다니느라 분주했거든요. 옵셋 기계로 바뀐 후 인쇄량이 크게 늘면서 공장이 나날이 확장일로를 달릴 때였습니다.

카푸스 씨, 저는 당신이 부럽습니다. 보통 천재들은 아주 어린 나이부터 뭔가 시작하잖습니까? 제가 글이란 걸 쓰기 시작한 건 스무 살도 훨씬 넘어서부터였어요. 당신 책을 처음 읽은 건 그보다 더 뒤고요. 글을 안다고는 해도 신문이나 잡지를 뒤적이는 것 외엔 관심 없었거든요. 약품 냄새와 소음으로 가득한 공장을 벗어나면 시원한 맥주와 야구, 푹신한 침대, 맛있는 음식 외엔 다른 걸 몰랐으니까요. 일찍부터 글을 썼더라면 나도 당신처럼 훌륭한 작가가 돼 있을까요? ……모르겠습니다. 여하튼 그러던 저를 쓰게 만든 사람이 바로 그 남자입니다. 제본소와 자기 방을 오가며 온순히 살던 인쇄 노동자 말입니다. 그는 시인이었습니다. 시집을 내고 시인으로 활동했다는 뜻은 아닙니다. 그래도 꾸준히 시를 써왔으니 시인이라고 해도 되겠지요? 누가 뭐래도 저에게는 시인입니다.

당신 첫 책 초판은 활판으로 인쇄된 건데, 알고 계시지요? 그즈음 인쇄소들이 옵셋 인쇄로 많이 넘어가긴 했지만 여전히 활판이 남아 있을 때거든요. 제가 다니던 인쇄소에도 한 대 남아 있었는데 이따금 있는 중판 외엔 거의 작업이 없었습니다. 따로 담당이 있는 것도 아니고 그때그때 가능한 사람이 찍곤 했어요. 얼마 후면 그마저도 없어질 형편이라 한마디로 퇴물 기계였지요. 활판인쇄에 대해서 저는 아는 것도 없고 관심도 없었습니다. 다루던 기계와 떨어져 있기도 했고요.

어느 날 인쇄소 구석에 떨어져 있는 종이 한 장을 우연히 줍게 됐어요. 활판으로 찍은 거였는데 옵셋에는 활자 눌린 자국이 없지만 활판은 자국이 남아서 대번에 알 수 있었죠. 이게 어디서 나왔나 싶어 쌓아 둔 인쇄물을 살펴봤지만 똑같은 게 없었습니다. 쪽 번호도 없고, 단어들이 띄엄띄엄 놓여 있는 게 무슨 그림 같기도 한 것이 간격이 일정한 것도 아니고 단어들도 낯설었어요. 누가 작업한 건지 사람들에게 물어보고 다녔습니다. 책도 아니고 판촉물도 아닌데 대체 뭘까 궁금하더라고요. 한참 후 그가 찾아와서 자기 꺼라더군요. 뭐냐고 물어봐도 우물쭈물대며 말을 흐리더니 가지고 돌아가 버렸습니다. 그 모양이 수상해서 혹시라도 몰래 찍은 선동 전단 아닐까 싶어 — 그런 일로 인쇄소들이 긴장하던 시절이었습니다 — 뒤를 따라가 캐물었습니다. 단어 몇 개는 브라질 음식 이름이고 신문에서 봤을 뿐 먹어 본 적도 없다며 시 흉내 좀 내본 것뿐이라고 하는데 꼭 둘러대는 것만 같았습니다. 카드놀이 할 때 외엔 좀처럼 얼굴을 볼 수 없고 가족도 없는데 혼자 나가 살았으니……. 생각이 그쯤 미치자 점점 불길함이 밀려들기 시작했습니다. 그는 결국 두툼한 종이 뭉치를 제게 보여 주어야 했지요. 몹시 망설였고, 부끄러워했습니다.

형제여!

오르리!

몬테-호라이마,

노 저어,

새벽빛 깃발에 펄럭일 때

흰

수 염

페이조아다 향

적

시

리

니

·

·

·

인쇄 뭉치를 넘겨 보며 나는 현기증을 느꼈습니다. 다윗의 「시편」에서 본 것처럼 멋있는 말들이었습니다. 시가 뭔지 잘 몰랐지만, 어떤 단어들은 읽을 수도 없었지만, 그것들은 분명 시였습니다. 그가 옆에 서서 계속 뭐라 중얼거리고 있었지만 들리지 않았습니다. '이 남자는 누구인가?' 그 생각만 반복해서 맴돌았습니다.

그는 저를 활자실로 안내했습니다. 그러고는 납활자 몇 개를 꺼내 문선하는 걸 보여 주었습니다. 순전히 호기심에 시작한 것이 재미 들려 계속하게 된 거라고, 여분으로 들어온 종이를 조금 쓰긴 했지만 가끔이었고, 찌꺼기 잉크를 긁어모아서 찍은 거니까 괜찮지 않느냐고 변명하듯 말하더군요. 해될 것 없었지요. 방치된 활자 좀 가지고 논다 한들 신경 쓸 사람도, 말릴 사람도 없었으니까요. 그 일은 제게 깊은 인상을 남겼습니다.

그때 그 종이를 줍지 않았더라면, 곧장 쓰레기통에 버렸더라면 어떻게 됐을까 생각해 보곤 합니다. 아마 많은 게 달라졌겠지요, 그날 이후 쓰고 싶다는 욕망을 갖게 됐으니까요. 카푸스 씨는 연상의 여인에게 구애 편지 쓰기 시작한 것이 계기가 됐고 저는 중년의 노동자 때문에 글을 쓰기 시작했고, 계기란 건 어디서 어떻게 올지 참 알 수 없는 것 같습니다. 아무튼 글을 쓰게 되지 않았다면 지금과는 다른 삶을 살고 있었을 거라는 점만은 분명합니다. 당신 책을 비롯한 수많은 책을 읽지도 않았을 거고 수감 생활을 하게 될 일도 없었을 테고 아내를 만나지도 못했을 겁니다. 이렇게 당신에게 편지 쓰는 일도 없었겠지요.

어떻게 설명해야 좋을까요. 이렇게 좋은 기회를 내동댕이치는 어리석은 사람이 있다니, 저도 제가 당황스럽습니다. 당선이 맞다는 걸 몇 번이나 확인하고 뛸 듯이 기뻤지만 탈락만 하던 저에게는 느닷없는 소식이라 좀 어리둥절했습니다. (솔직히 지금도 의심이 가시지 않습니다. 어쩌다 당선된 거 아닌지 말입니다.) 그러면서도 '자기 경험에 솔직하지 않고서는 나올 수 없는 글'이라고 적힌 대목을 읽는 순간엔 어리석게도 당신을 조금 비웃었던 것 같습니다. 소설은 그런 거라고 생각했거든요, 내가 살아 보지 못한 인생을 상상해서 쓰는 거라고요. 엄청나게 멋진 거짓말을 지어내는 거라고요. 내가 당신을 멋지게 속인 건가 싶었습니다. 하지만 당선 소식을 알리고 싶지 않아 하는 나 자신의 속마음을 알게 된 후 깨달았습니다. 내 소설이 그럴듯하게 꾸며 낸 남 얘기가 아니었다는 것을요.

당신이 옳았습니다. 그 소설은 모두 내 이야기입니다. 나와 내가 만났던 사람들의 인생, 내가 지켜봤거나 함께 겪었던 삶입니다. 시대와 장소를 달리하고 이름, 직업을 바꿔도 결국 그 소설은 내게서 길어 낸 것일 수밖에 없었습니다. 그러니 누구에게도 알리고 싶지 않았던 겁니다. 탈락되는 한에서 투고는 긴장감 넘치는 놀이일 수 있었던 셈입니다. 당신이 나를 발견하지 않았다면 얼마간 활동할 수도 있었겠지요. 깨닫지 못한 채로 그 길에 빠져들었을지도 모릅니다. 당신이 아니었다면 내가 나를 아주 그럴듯하게 속일 뻔했습니다. 나는 줄곧 나에 대해 써왔고 무엇을 쓰든 그 속에 내가 들어 있었던 건데, 소설이라고 다르지 않았던 건데, 그걸 모르고 모른 척했던 겁니다. 그리고 비로소 알게 됐습니다. 내게 감동을 준 책들은 기교가 아니었다는 것을, 그 작가 자신이었다는 것을요.

카푸스 씨, 애정이 듬뿍 담긴 당신 칭찬을 이제 고스란히 받아들일 수 있을 것 같습니다. 어쩌면 당연한 찬사라는 과감한 생각까지도 해봅니다. 누군가의 한생을 고아 낸 글이라면 그게 누구든 무어든 아름답다는 걸 당신 덕분에 알았기 때문입니다. 그러니 당당하게 당선의 기쁨을 받아들여도 좋으련만 아무래도 그럴 수 없을 것 같습니다. 이 요상한 마음이 어디서 오는가 더듬어 보다 문득 예전에 쓴 글이 생각났습니다.

발표와 미발표의 차이는 무엇일까.
책임?
그보다는

타자 없이 그리는 윤곽은 그리자마자 지워진다는

눈 코 입이 없다는

희미한 체험

발→표

내 눈으로 내 얼굴을 보고자 하는

불능의 용기

분명 누군가 내 글을 읽고 반응해 줄 때 흥이 났는데도 책으로 묶어 보라는 말을 들으면 감추게 되곤 했습니다. 아름답지 않을까봐, 나도 남도 외면할까봐 두려웠을까요? 희미해지면 다시 꺼내 보이고 또 감추고를 반복했습니다. 참 오랜 갈등이지요. 이번에도 영락없이 부딪힌 겁니다. 떠들썩하게 소설가로 세상에 나선다는 거, 흥분되는 경험이지만 한편으론 감춰질 권리가 사라지는 것 아닐까? 지울 수 없는 오해의 윤곽을 그리고 마는 것 아닐까?

아마도 저는 그 남자처럼 되고 싶은 것 같습니다. 눈에 띄자 이내 희미해지던 남자, 때때로 딴사람이 되던 남자, 인쇄기로 시를 쓰던 노동자 말입니다. 그도 비슷한 갈등을 했을까요? 그런 얘기를 들어 본 기억은 없지만, 그는 이후로도 계속 은밀한 작업을 이어 갔습니다. 졸라 대는 저에게 마지못해 보여 줄 뿐 종이 뭉치를 엮지도 않고 풀칠도 재단도 않고 말입니다.

알려지고자 하는 욕망 대 감춰질 권리, 불멸에 대한 욕망과 고독 속에 숨을 '자유' 사이의 갈등에서 나를 좀더 잡아끄는 쪽은 여전히 자유인가 봅니다. 그게 아직은 젊다는 증거인지 너무 늙었다는 증거인지 그도 아니면 불통고집인지 모르겠지만, 이 상을 받는 건 내 인생에 해일을 불러들이는 일일 것만 같습니다.

몹시 후회하게 될지도 모릅니다. 사람들을 향해 사실은 내가 당선자요 외치고 싶어질지도 모릅니다. 내 글을, 나를 읽히고 싶을지도 모르지요. 아내와 친구에게 보여 주고 난 후 더 열심히 쓰게 됐으니까요. 이 여파로 쓰는 게 시들해질까 그게 가장 불안합니다. 그러다간 다시 우울에 빠져들지 모르니 조만간 책을 백 권쯤 만들어 큰 서점 구석구석에 몰래 꽂아 둘 작정입니다. (아주 오래전부터 상상하던 일입니다.) 판권에 주소를 써두면 적어도 한 명은 내 글을 읽고 소감을 전해 오겠지요? 그럼 우린 친구가 될 겁니다. 운 좋게 입에서 입으로, 손에서 손으로 내 소설이 전해진다면, 그렇게 내가 알려진다면 좋겠습니다. 왠지 오해도 과장도 없을 거 같거든요. 이 오랜 로망을 이번에 꼭 이뤄야겠습니다. 이 또한 당신 덕분입니다.

당선 거부를 통보했던 무례함에 용서와 이해를 구하고자 공손하게 펜을 들었는데, 이렇게 긴 편지를 쓰고 있자니 마치 당신이 내 오랜 친구라도 되는 것처럼 만만한 생각이 듭니다. 오래

동경해 왔던, 언젠가 불멸 반열에 오를 소설가인데 말입니다. 당신이 노여워만 않는다면 만나서 차 한 잔 마시고 싶다는 용기도 생기는군요. 어쨌거나 당신도 나를 얼마쯤은 알아 버렸으니까요.

고맙습니다, 카푸스 씨. 누군가 내 글을 깊이 읽어 준다는 게 얼마나 소중한지 당신 덕분에 알게 됐습니다. 백 권 중 한 권은 꼭 당신 손에 닿으면 좋겠습니다. 내내 평화를 빌겠습니다.

— 당신의 오랜 친구, M으로부터

자전 에세이로 삶을 쓰다

백승권

백승권

1966년 충북 괴산 출생. 열네 살부터 시인의 꿈을 꿔 고등학교를 자퇴하는 등 청년기에 호된 문학병을 앓았다. 1985년 동국대 국문과에 입학해 각종 문학상을 받고 문예지에 글을 발표했지만, 문학인보다 변혁운동가의 길을 걸었다. 1994년 미디어오늘 창간 멤버로 입사해 기자 생활을 했으며, 언론계와 도시 생활에 대한 염증으로 한동안 귀농을 하기도 했다. 2005년 참여정부 청와대 홍보수석실 행정관으로 다시 서울살이를 시작했다. 2010년부터 3년 동안 대한불교조계종 화쟁위원회 사무국장으로 일했다. 그동안 소설과 동화를 썼으며 직장인을 대상으로 하는 다양한 글쓰기 강좌를 진행했다. 현재 동양미래대 겸임교수, 실용글쓰기연구소 대표를 맡고 있다. 글쓰기 책 『글쓰기가 처음입니다』, 소설 『싯다르타의 꿈, 세상을 바꾸다』 등 열 권의 책을 펴냈다.

... 마음을 움직이는 글쓰기 코칭

2013년 11월 4일 오후 2시. <마음을 움직이는 글쓰기 코칭> 첫 수업 시간. 강의실 문을 들어서자 스무 남짓 되는 사람들이 나를 기다리고 있었다. 가벼운 눈인사를 나누고 사람들을 주욱 훑어봤다. 낮 강좌라 그런지, 은퇴자와 주부가 대종을 이루는 것 같았다.

이 강좌를 기획하고 홍보할 때엔 목표가 이랬다. 두 달 동안, 글쓰기의 두려움을 없애고 기본적인 구성과 표현법을 익혀 한 편의 에세이를 쓴다. 그렇게 가벼운 마음으로 강좌를 열었고 딱 그만큼 마음 준비를 한 터였다.

첫 순서로 돌아가면서 자기를 소개하기로 했다. 이름, 하는 일, 글쓰기에 얽힌 에피소드 한 대목, 그리고 이 강좌에 대한 바람. 자기소개가 다 끝나자 내 예측이 틀리지 않았음을 알게 됐다. 예외 없이 남자는 은퇴자, 여자는 주부. 40대에서부터 60대까지 노장년층. 글쓰기 경험은 거의 없음.

그런데 뜻하지 않은 일이 벌어졌다. 강좌의 목표를 수정하지 않으면 안 되는 상황이 되고 만 것이다. 수강자 대부분이 이번 기회에 자기 인생 이야기를 한번 정리해 쓰고 싶다는 거였다. 잠깐 고민하다, “그러면 강좌 내용을 싹 다 바꿀까요?”라는 말이 내 입에서 나도 모르게 툭 튀어나왔다. 아차, 싶었다. 하지만 때는 이미 늦어 버렸다. 일제히 “예” 하는 대답이 돌아왔기 때문이다. 그 순간부터 아무 준비도 없이 자전 에세이 쓰기 강좌를 진행해야 하는 처지에 내몰리고 말았다.

역시 닥치면 못할 일이 없었다. 짧은 순간 머리가 핑핑 돌아갔다. 대화 글쓰기가 떠올랐다. 공공기관이나 기업에서 보고서, 기획서 특강을 할 때 만나는 가장 큰 장애물은 글쓰기 두려움이다. 그것을 깨야 다음 발자국을 내디딜 수 있다. 그래서 여러 가지 프로그램을 만들었는데, 그 가운데 하나였다.

대화 글쓰기는 간단하다. 두 사람이 한 짝이 돼 가위바위보를 한다. ‘자신의 10년 뒤 모습’ 따위를 화제 삼아 이긴 사람이 5분 동안 진 사람에게 말한다. 할 말이 없어도 무조건 5분 동안 떠들어야 한다. 진 사람은 자신이 들은 이야기를 2분 동안 되돌려준다. 이게 끝나면 역할을 바꿔 다시 이 과정을 되풀이한다. 그리고 각자 상대방한테 들려준 이야기를 스무 문장 이상의 글로 정리한다.

별 대수롭지 않은 프로그램이다. 그러나 그 효과는 아주 놀랍다. 이 프로그램은 사전 예고 없이 시작한다. 아무리 말솜씨가 좋은 사람도 갑자기 말을 하려고 하니 엉키고 꼬여 버린다. 무슨 얘길 했는지 갈팡질팡 기억도 나지 않는다. 헌데 그 말을 들은 사람은 ‘개떡’ 같은 얘길 ‘찰떡’같이 알아듣는다. 자신이

들은 얘기를 되돌려줄 때는 누가 시키지도 않았는데 이야기의 흐름에 맞게, 논리적 순서에 맞게 가지런한 정리를 해주는 것이다. 그 순간 참가자들은 자신의 내부에 글쓰기 능력이 숨어 있다는 사실을 만난다.

이렇게 하면 내 안에 가득 고인 이야기를 술술 풀어낼 수 있다. 시간을 촉박하게 주기 때문에 공연한 자기 검열의 덫에 걸릴 염려가 없다. 어쨌든 정해진 시간 내에 말하고 써야 하기 때문에 평소 글쓰기의 두려움에 눌려 숨어 있던 마음 밑바닥의 이야기들이 마구 물 위로 떠오른다. 그렇게 해야 비로소 나의 이야기는 첫걸음을 떼게 된다.

이날은 대화 글쓰기의 화제를 이렇게 걸었다. '내 인생의 결정적 장면 세 가지.' 처음엔 어색한 표정이 역력했지만 하나 둘 입을 떼자 다들 이야기를 시작했다. 일 분도 지나지 않아 웃음에 박수 소리까지 들렸다. 모두 자신들의 이야기에 몰입하는 분위기로 무르익었다. 상대방의 피드백에 모두 만족스러워했다. 내 안에 숨어 있는 글쓰기 능력을 발견하는 자리였다.

이야기가 끝나고 글을 쓰는 시간이 됐다. 스무 문장을 쓰는데 15분을 줬다. 수강자들은 지체 없이 종이에 글을 써나갔다. 북채로 자진모리를 두드리듯 손목을 움직였다. 얼굴엔 삼매 못지않은 집중의 기운이 서려 있었다. 대부분 제한된 시간 내에 글을 마쳤다. 글쓰기를 끝낸 수강자들의 얼굴은 모두 붉게 상기돼 있었다. 해냈다는 자신감 때문이었다. 한 시간도 되지 않는 짧은 겨를에 내 인생의 몇 장면이 종이 가득 글자로 그려진 것이다.

이 과정을 통해 수강자들은 앞으로 자전 에세이라는 나무로 키워 갈 작은 이야기 씨앗을 얻게 됐다. 조 선생님은 40년 전 대기업에 입사했지만 고졸이라는 이유로 월급과 승진에 불이익을 받았던 억울함을 떠올렸다. 그것이 나중에 대학교 교직원으로 전직하는 빌미가 됐다. 이 선생님은 광주로 고등학교를 진학하고 싶었지만 집안이 가난해 해남에 머물러야 했다. 그 선택이 자신의 인생을 갈라놓았다고 굳게 믿었다. 박 선생님은 고등학교 때 선배 연애 소문을 퍼뜨렸다는 이유로 체육관에 끌려가 눈에 불이 번쩍 나도록 뺨을 맞았던 기억을 떠올렸다.

두번째 시간엔 스티브 잡스의 '스탠포드대학 졸업식 축사'를 함께 읽었다. 앞으로 완성하게 될 자전 에세이의 틀을 미리 보여 주는 것이 좋겠다는 판단 때문이었다. 잡스는 아주 단순한 구조의 길지 않은 분량의 글에 자신의 인생을 빼어난 솜씨로 집약하고 있다. 자전 에세이의 본으로 이만한 글이 없었다. 단순히 읽는 것만으로는 본으로 삼을 수 없다. 이것을 10분의 1 분량으로 요약하라고 했다. 단락마다 몇 문장으로 요약할 것인지를 아예 정해 주었다.

그의 연설은 이렇게 시작한다. 나는 대학교를 졸업하지 못했지만 내 인생 세 가지 이야기를 여러분에게 들려주겠다. 그 다음 중간 부분에서 인생의 연결점, 사랑과 상실, 죽음 세 가지로 자신의 인생을 나누고 각 마디마다 관련한 이야기를 차분하게 담아내고 있다. 먼저 각 키워드와 연관된 삶의 에피소드를 들려준 뒤 나중에 그로부터 얻은 삶의 경험과 통찰을 설파하고 있다. 한시(漢詩)의 으뜸 작법인 선경후정(先景後情) 기법을 똑 닮았다.

인생의 연결점 부분을 예로 들면 이런 식이다. 미혼모의 아들로 태어나 가난한 노동자 집안에 입양된다. 17년 후 리드칼리지에 입학하지만 비싼 등록금에 비해 그만한 가치를 느끼지 못해 6개월 만에 자퇴한다. 그 후 청강생 신분으로 우연히 들은 서체 강의는 10년 후 아름다운 서체를 지원하는 최초의 컴퓨터인 매킨토시 개발에 적용된다. 이 부분이 '선경'에 해당한다. '후정'은 이렇다. 입양 → 대학 자퇴 → 서체 수업 → 매킨토시 등 인생의 점들을 미리 내다보고 연결할 순 없겠지만, 이런 점들이 어떤 방식으로든 미래로 꼭 이어진다는 것을 믿는다면 여러분의 삶은 바뀔 것이라는 이야기를 하는 것이다.

먼저 보여 주고 나중에 설명하는 것이다. 이렇게 써야 글맛도 살리고 메시지도 잘 전달할 수 있다는 사실을 짚어 준다. 이것만 잘 지켜도 글이 어떻게 달라지는지, 수강자들은 이후 강의에서 생생한 체험을 하게 된다.

마무리는 잡스가 어린 시절 읽었던 책 『지구백과』에 대한 추억으로 실마리를 삼는다. 그 책 최종판에 실렸던 "항상 갈망하라, 우직하게 나아가라"라는 글귀를 소개하며 새로운 출발을 앞두고 있는 스탠포드 졸업생들이 이런 방식으로 세상에 나아가길 빈다는 바람으로 연설을 끝내고 있다.

수강자들은 이 요약 과정을 통해 이 글의 설계도를 발견한다. 그 설계도는 잡스만의 것이 아니다. 마음만 먹으면 내 것이 되기도 한다. 내 인생 이야기를 담아낼 멋진 그릇과 조리법을 받게 된 것이다. 이제 요리 재료만 주방 위에 풍성하게 올려놓는다면 그것을 지지고 볶고 삶아 맛난 음식으로 만들어 멋진 그릇에 담아내는 것은 해볼 만한 일이 됐다.

세번째 시간부터 이야기 씨앗에 물을 주고 싹을 틔워 한 마디씩 키워 나갔다. 이야기 씨앗으로부터 그다음 이어지는 이야기를 이끌어 냈다. 한 사람씩 돌아가면서 말로 먼저 이야기를 꺼내도록 했다. 수강자의 말을 들은 다음 그들의 삶에서 '응축된 순간'을 발견할 수 있도록 코멘트를 해주었다. 삶이 응축된 순간은 젖가슴 가운데의 젖꼭지와 같은 것이다. 꼭지가 없는 젖가슴을 상상할 수 있는가. 그것을 발견하고 그것을 중심으로 이야기를 재구성해야만 넋두리로 빠지지 않는다.

어렸을 때부터 언니와 늘 비교당하며 살았던 정 선생님에겐 자기 이야기를 하기에 앞서 언니가 어떤 사람이었는가를 그려 내는 데 온 힘을 쏟으라고 했다. 언니를 열심히 그려 내다 보면 어느새 스스로의 모습이 오롯이 드러날 터였다. 20년 전 지방에서 대학을 졸업하고 막막한 서울살이를 시작한 조 선생님에겐 화장실도 부엌도 없었던 자취방에서 땀에 절어 여름밤을 지새우던 풍경을 세세하게 묘사하라고 했다. 자취방으로 돌아오는 비좁은 골목길, 대문을 열고 들어서면 보이는 주인집과 다른 자취방의 풍경까지도 낱낱이 스케치하라고 했다.

이야기를 끝내고 그 자리에서 수강자들에게 한 시간가량 글을 쓰게 했다. 자진모리 북채가 시작됐다. 한 시간이 지났다. 놀랍게도 몇몇 사람은 A4용지 다섯 장을 빽빽한 글씨로 채웠다. 적게 쓴 사람도 한 장 이상의 글을 썼다. 글을 써본 경험도 없는 내가 이걸 해냈다. 수강자들의 표정에서 그 말을 읽을 수 있었다.

다음 시간 수강자들이 쓴 글에 대한 피드백이 이뤄졌다. 빈번하게 나타난 문제점 가운데 하나가 바로 '설명'이었다. 여러 차례 사물과 사건과 상황을 그림 그리듯 묘사하라고 했지만 결코 쉬운 일이 아니었다. 묘사가 이뤄지는 듯싶다가도 몇 문장 지나고 나면 금세 설명으로 빠지곤 했다. 이렇게 말했다.

"이야기를 시작하고 이끌어 가는 방법으로 세 가지만 기억하라. 사람을 먼저 등장시킬 것인가? 곧바로 사건의 소용돌이를 휘몰아치게 할 것인가? 이야기의 무대인 배경을 그려 낼 것인가? 인물, 사건, 배경. 이 세 가지를 앞서거니 뒤서거니 삼색실 엮듯 엮어라. 지금 바로 내 눈앞에서 그 일이 벌어지고 있는 것처럼 다뤄라. 그러면 어느새 진진한 이야기 한 편이 짜진다."

강좌는 순탄하게 흐르는 것 같았다. 뜻밖의 일을 만나기 전까지는. 광주 고등학교 진학의 꿈이 좌절된 이야기를 씨앗으로 삶은 이 선생님은 이후 대학 진학에도 좌절을 맛본다. 그녀는 몇 년간 직장 생활을 한 뒤 다시 대입 준비를 해 입시를 치렀지만 원하던 대학을 가지 못한다. 어느 날 우연히 친구를 만나기 위해 자신이 원하던 신촌의 그 대학 앞을 걸었을 때 심한 좌절감을 느낀다. 결혼 생활도 행복하지 않았다.

이 무렵의 이야기를 했을 때였다. 그녀는 갑자기 내게 화를 냈다. 그냥 글을 쓰러 온 거지, 비밀을 고백하러 온 게 아니다. 왜 자꾸 내 속에 감춰 둔 얘기를 하게 만드느냐. 그건 다 묻어버리고 살려 했던 것인데. 당황스러웠다. 글쓰기 강의를 하면서 처음 만나는 상황이었다. 어찌할 바를 몰라 막막한 표정으로 그녀의 화를 잠자코 지켜보고 있는데 수강자들이 한 사람, 두 사람 말을 꺼냈다.

"저도 처음엔 마찬가지였어요. 근데 내 인생 얘기를 하려니 그 부분을 빼놓을 수가 없네. 여러 사람 앞에서 말할 때는 이상했는데, 말로 하고 글까지 써놓고 나니 별게 아니더라고요."

"내 속에 있을 때엔 바위처럼 나를 짓누르던 일들이에요. 괴로워도 그냥 내가 끌어안고 살아야 할 상처였죠. 헌데 말을 하고 글로 써내니 별일이 아니었어요. 이렇게 내 이야기를 글로 쓰기만 해도 맺혔던 응어리가 풀리다니, 참 신기해요."

이런 얘기가 잇달아 쏟아졌다. 이 선생님은 잠자코 이야기를 듣고 있었다. 얼굴에서 화가 풀려 나가는 것이 보였다. 그녀는 그날 이후 가족에게도 털어놓기 힘든 자신의 아픔을 강좌

때마다 서리서리 풀어냈다. 이렇게 12주의 과정이 끝났다. 이 선생님은 인생의 고비마다 안타까웠던 선택의 과정을 한 편의 자전 에세이로 그려 냈다. 그녀에게 로버트 프로스트의 시 「가지 않은 길」을 알려 주고 자전 에세이의 시작으로 이 시의 몇 구절을 인용해 보라고 권했다. 그러자 개인적 아픔이 모든 사람의 아픔으로 승화됐다.

몇 사람은 자전 에세이를 완성하지 못했지만 모두 자신의 인생을 새롭게 만나는 시간이었다. 내 개인적으로는 전혀 새로운 글쓰기 강의의 세계를 만나는 계기였다.

… 내 인생, 한 편의 글로

2014년 2월 13일, <내 인생, 한 편의 글로> 강좌 첫 시간. 자기소개가 끝나고 곧바로 대화 글쓰기 프로그램에 들어갔다. 스무 명의 수강자 가운데 60대 남성 두 분이 눈에 띄었다. 두 분은 친구 사이였다. 한 분은 오랫동안 건설사에 재직하다 몇 년 전 퇴직했고 다른 분은 시청 도시계획과장까지 역임하고 몇 년 전 정년을 마쳤다. 이분들은 처음엔 '무슨 저런 걸 갖고 얘기를 나누라고 하는가', 쑥스럽고 난감한 표정이 역력했다.

하지만 다른 사람들이 시작하자 가만히 앉아 있을 수만은 없게 됐다. 어색하게 몇 마디를 주고받는가 싶더니 이내 프로그램에 몰입해 열심히 이야기를 나누었다. 그리고 글쓰기가 이어졌다.

다음 시간, 전 시간에 쓴 글을 발표했다. 대체로 글쓰기 경험이 없는 사람들의 글에서 나타나는 여러 가지 문제점을 확인할 수 있었다. 이런 문제점은 차차 글을 써가면서 좋아질 수 있기 때문에 큰 걱정이 되지 않았다. 그러나 두 분의 글을 받아 보고는 막막한 마음이 들지 않을 수 없었다.

> 내 인생에서 인상 깊었던 몇 가지 기억이 떠오른다. 처음 접하는 건설 현장이다. 상호 시공회사 설계회사 감리회사의 믿음으로 공사는 진행되었다. 그러나 그 결과는 예기치 못한 부실시공이 발생되어 어려움을 초래케 되었다. 해안가 도로사면 보호 공사로서 시공을 하였는데 하자가 발생되었다. 기초 지반의 세굴이 큰 원인인 것 같다. (……) 추후 공사는 더욱더 깊은 검토와 세심한 노력이 필요한 것을 느끼었다. 이것이 인생의 값진 경험과 그 대가였나 보다. (이 선생님의 글 중에서)

> 건설 현장 책임자로 근무하면서 예기치 못한 안전사고 발생을 미연에 방지하기 위한 노력이 필요하다. 건설 현장에서의 책임감이 막중하다. 공사는 모든 조건이 충족되어 시공 관리되어야 한다. 발주처는 적정 예산과 적정 공기와 적정 조건을 주어야 한다. (한 선생님의 글 중에서)

이렇게 두 분은 자신의 인생 이야기마저 건설 현장의 시방서나 감리서처럼 써냈다. 순간적으로 의구심이 들었다. 과연 두 분이 자전 에세이 과정을 끝까지 따라올 수 있을까. 그건 나중 문제고 일단 두 분 글에 대한 코멘트를 빠뜨릴 수 없었기에 몇 마디 했다.

“아무래도 건설 현장 이야기가 가장 기억에 많이 남겠죠. 근데 이렇게 한번 써보면 어떨까요. 이 선생님은 공사 현장이 해운대라고 그랬죠. 그 공사를 진행할 때 해운대 주변의 풍경과 함께 일하던 사람들의 모습을 떠올려 보세요. 부실시공으로 밝혀졌을 때 느꼈던 충격과 당혹감도 찬찬히 회상해 보세요. 한 선생님도 마찬가지에요. 건설 현장이라면 구체적으로 어떤 곳인지 지명을 밝히고 주변 풍경을 그려 보세요. 이렇게 그림을 그린 다음에 전하고 싶은 내용을 거기에 담아내면 됩니다.”

세 번째 시간이 됐다. 마찬가지로 이야기를 나누고 글을 썼다. 두 분의 글을 가장 먼저 살펴보았다.

> 나는 건설회사에 근무하느라 좀 늦게 결혼을 했다. 요즘 결혼하는 혼기에 비하면 서른두 살이 그리 많은 나이는 아니지만 홀로 계신 어머님에게는 좀 늦은 편이다. 누이동생이 친구의 언니 병문안을 가서 만난 분이 너무 마음이 통했다며 오빠의 천생연분의 끈을 만들고 싶다고 말했다. 나는 한 번도 보지 못한 그녀에게 마음이 끌리었다. 동생은

미주알고주알 그녀에 대한 이야기를 계속하면서 나이는 27살이고 마음씨도 고와 보이고 그다지 키는 크지 않지만 미모가 뛰어나 여러모로 오빠와 딱 어울리는 사람이라고 칭찬을 늘어놓았다. (이 선생님의 글 중에서)

눈도 오고 풍랑주의보가 내려진 상태니 배가 오지 않는다고 서산행 합승도 들어오지 않았다. 큰일 났다. 다른 어른들은 각자 갈 길로 가고 나만 한 시간 이상을 걸어 어송 검문소에 도착했다. 몸은 지치고 배는 고프고 추위에 덜덜 떨었다. 검문소에 도착하니 다행히 태안 가는 마지막 버스가 있다. 태안에 도착하니 다시 혼자가 되었다. 걸어가면 한 시간 반 이상이 걸린다. 무서운 마음이 엄습해 왔다. 그래도 어쨌건 큰집엘 가야 한다. 이때 태안 백화산 미군부대에서 사이렌 소리가 웅~웅 하고 한참을 울린다. 밤 12시를 알리는 통행금지 사이렌 소리다. (한 선생님의 글 중에서)

놀라운 변화였다. 이렇게 한 주 만에 달라질 수 있다니. 이 선생님은 그 이후 직장 생활을 하는 동안 제대로 챙기지 못했던 가족과의 사연을 이야기로 이어 나갔다. 특히 미국에 배낭여행을 갔던 딸이 영국인 남자 친구를 만나고 우여곡절 끝에 결혼을 해서 다시 미국으로 떠나기까지의 과정을 애잔하게 그려 눈시울을 뜨겁게 만들었다. 영국인 사돈과 처음 만난 상견

례 자리에서 자기 집안의 조상 세 분이 한국 지폐에 등장한다고 말해 사돈을 깜짝 놀래키는 장면을 아주 유머러스하게 묘사하기도 했다. (참고로 이 선생님은 덕수 이 씨다. 이이와 그의 어머니 신사임당, 이순신이 바로 그 세 분이다.) 한 선생님은 어린 시절 큰집을 혼자 찾아갔던 여행길에서부터 시작해 퇴직 후 여러 곳을 돌아다닌 여행 경험을 묘사한 자전 에세이를 완성했다.

강좌가 후반부를 지나자 매 시간 쓴 토막글을 하나의 흐름으로 다듬어야 했다. 그 작업이 만만치 않았다. 한 가지 이야기 흐름을 갖는 경우에도 시간 순서로 늘어놓으면 긴장감도 떨어지고 주제도 흐려지기 마련. 글의 매력을 높이고 메시지를 선명하게 하기 위해 전체 구성을 새로 해야 할 때가 많았다.

유 선생님은 매일 끼니를 걱정해야 하는 가난한 어린 시절을 보냈다. 그녀의 홀어머님은 유 선생님을 다른 집에 입양 보내려고 했다. 다른 형제들이 울고불고 매달려 다행히 입양은 피했지만 배를 곯는 날들이 오랫동안 이어졌다. 어머님이 노동판 막일을 마치고 철로변의 석탄을 주워다 팔았던 일, 공사장에 쌓아 둔 모래를 훔치다 걸려 치도곤을 당했던 일. 아픈 사연이 참 많았다.

그런 만큼 유 선생님의 글은 다분히 자기감정에 빠져 신파조로 흐를 위험이 높았다. 신파조에 빠지지 않게 하는 방법이 무엇이 있을까, 궁리해 보았다. 그러다 마지막 글이 떠올랐다. 얼마 전 형제들끼리 처음으로 경주 여행을 다녀왔다는 내용이었다. 아이디어가 반짝하고 떠올랐다. 글 전체 순서를 경주 여행의 일정에 맞추고 일정을 묘사하는 중간중간에 어린 시절의 기억을 회상이나 대화의 형식으로 삽입하는 것이다. 유 선생님은 다음 시간에 그렇게 글을 고쳐 왔다. 기대 이상으로 좋은 글이 되었다.

어떤 사람에겐 토막글마다 소제목을 붙이고 전체를 아우르는 시작 글로 모자를 씌워 글의 통일성을 만들라고 주문했다. 다른 사람에겐 글에 등장하는 주요한 사람들로 아예 장을 나눠 그 사람과 얽힌 이야기를 그 아래 모으는 방식으로 고쳐 보라고 조언했다.

석 달 만에 열다섯 사람이 자전 에세이를 완성했다. 강좌가 끝나고 따로 날을 잡아 뒤풀이를 했다. 모두 인생의 새로운 경험을 했다며 뿌듯해했다. 특히 60대 남자 두 분의 감회는 남달랐다. 처음으로 자신의 인생을 돌아보는 기회가 됐으며 앞으로는 이전과는 다른 태도로 가족과 지낼 수 있게 됐다고 말했다.

… 내 인생, 어디만큼 왔을까

2014년 8월 2일, <자전에세이 쓰기 템플스테이>. 하필 시작하는 날이 태풍 '너구리'가 서남해안을 강타하는 즈음이었다. 템플스테이가 열리는 두륜산 일지암이 위치한 해남 일대가 폭우에 덮이고 강풍에 휘청거렸다. 행사 자체가 힘들 수도 있겠다는 생각을 하며 해남종합버스터미널에서 신청자들을 기다렸다. 다행스럽게도 13명 전원이 제시간에 도착했다. 폭우와 강풍을 뚫고 일지암으로 향했다.

13명의 구성은 다양했다. 전직 고위 공무원, 교장, 중소기업 경영자부터 평범한 직장인, 주부, 귀농자, 대학생까지 참여했다. 사는 곳도 서울, 파주, 부천, 대전, 보령, 괴산, 고성, 부산 전국구였다. 4박 5일 동안 한 공간에서 함께 밥을 해 먹고 함께 자신의 이야기를 글로 써나갈 사람들이었다. 오리엔테이션 겸 차담을 마치고 저녁부터 자전 에세이 쓰기 과정을 시작했다.

아침저녁으로 하루에 두 번 말하고 글을 썼다. 셋째 날까지 장대 같은 비가 그치지 않았다. 글을 쓰고 차를 마시고 아침저녁 예불을 올리고 밥상을 함께 차리고 스님 말씀을 듣고. 주로 실내에서 단조로운 생활을 되풀이했지만 참석자들의 얼굴은 맑고 편안해졌다. 내가 과연 글을 쓸 수 있을 것인가 스스로 믿지 못하던 사람들까지 꾸준히 글을 써나갔다.

넷째 날, 드디어 비가 그쳤다. 셋째 날 계획했던 문학 기행을 다녀왔다. 해남·강진 일대의 김남주, 고정희, 김영랑의 생가와 다산초당을 방문했다. 미황사, 고산 윤산도 고택, 땅끝마을, 사구미 해변도 둘러보았다. 햇볕에 빨래가 마르듯 흐렸던 마음이 밝아져 일지암으로 돌아왔다. 그날 저녁 마지막 글쓰기가 진행됐다. 시간을 넘겨 밤늦도록 쓰는 사람도 몇몇 있었다.

마지막 날, 스님 앞에서 발표의 시간을 가졌다. 먼저 중소기업을 운영하던 이 선생님의 발표가 있었다. 담담하게 어머니 이야기를 읽어 내려가던 그분의 목소리는 이내 깊이 잠겨 버렸다. 읽는 소리의 사이사이에 울음이 새어 나왔다. 예순 넘어 첫 경험이었다.

공기업에 근무하는 또다른 이 선생님 역시 어머니 이야기였다. 단편소설에 가까운 분량의 글을 읽었다. 장티푸스로 걸을 수조차 없게 됐던 어머님이 회복해 꽃신을 신고 자신의 앞에 다시 섰을 때의 감동을 잘 그려 냈다. 그러나 어머님을 모셔야 하는 이유로 사귀던 여자들을 떠나보내고 지금까지 혼자 살게 된 사연을 읽어 가는 대목에선 울음을 참을 수 없었다.

귀농자 홍 선생님은 자신이 아이를 때린 사건을 이야기하며 통곡했다. 그리고 글로써라도 아이에게 사죄를 하고 싶다고 말했다. 순탄치 않은 귀농 생활의 고되고 힘들고 남루한 이야기도 쏟아냈다. 모두 그의 고백과 아픔에 마음이 아렸다. 꼭 안아 주고 싶었다.

모두 삶의 민낯을 마주한 시간이었다. 그 민낯을 두려움 없이 똑바로 바라보고 모두에게 기꺼이 고백한 시간이었다. 첫 경험이었다. 내 인생, 어디만큼 왔을까? 온 길을 돌아보고 갈 길을 가늠하는 소중한 시간이었다. 일지암을 떠나 각자 삶터로 돌아가는 그들의 얼굴이 밝아 보였다.

이 한의사가 쓰는 법

강용혁

강용혁

마음자리한의원장. '한 줄 글이 세상을 바꿀 수 있다'는 꿈을 안고, 경희대 한의대 졸업 후 경향신문 기자로 활동했다. 지금은 심의(心醫)를 꿈꾸는 한의사로 글쓰기, 검도, 당구, 바둑과 더불어 산다. 『경향신문』에 '한방춘추'와 '멘털동의보감' 등 한방정신과 칼럼을 4년간 써오고 있고, 팟캐스트 '심통부리기'를 진행 중이다. 2010년 출간한 한방 성정 분석에 관한 최초의 저서 『사상심학』(四象心學)은 정신과 대학원 교재로 활용되고 있다. 이 외에 『닥터K의 마음문제 상담소』, 『체질, 척 보면 안다?』, 『마음을 스캔하다』 등을 썼다.

... 한의사야? 기자야?

필자는 한방정신과를 전문으로 하는 작은 동네한의원 원장이다. 그러나 본업인 진료 외의 정신에너지와 노동력은 글을 쓰는 데 가장 많이 사용된다. 진료 외의 시간을 컨디션별로 상중하로 나누고, 가급적 컨디션이 안 좋을 때는 운동이나 영화 감상, 장보기 등 여가에 활용한다. 중간 정도일 때는 글쓰기 자료 조사를, 최상의 컨디션일 때 글쓰기를 하게 된다. 한마디로 글쓰기가 내 일상의 노른자위다.

벅찬 분량의 글을 쓰면서 자연스레 생긴 습관이다. 일기를 쓰듯 진료 과정에서 느낀 소회나 환자들이 알았으면 하는 정보들을 하루 한 건씩 블로그에 올린다. 블로그는 중요한 홍보 수단이기도 하다. 보통은 홍보 대행사에 광고비를 주고 맡기기도 하지만, 전문가가 쓴 글과는 질적으로 차이가 커 수년째 직접 하고 있다. 진료 사이사이에도 아이디어가 떠오르면 빠르게 써내려가지만, 그래도 하루 1시간은 꼬박 집중해야 한다.

또 4년째 매주 『경향신문』에 칼럼을 써왔고, 각종 잡지나 사보의 청탁 원고도 수시로 소화해야 한다. 언제까지 감사한 기회가 주어질지는 모르는 일이니, 매번 마지막이라는 마음으로 신경을 곤두세우게 된다.

1년 전부터 매주 진행하는 팟캐스트 방송 역시 글쓰기가 주다. 말로 하는 외부 강연도 글로 미리 써두어야 한다. 한의학 전공자 강의 역시 마찬가지다. 좋은 강의는 순발력이나 입담보다 견고하게 준비된 사전 원고 작업이 중요하다.

환자 주의사항이나 진료 프로그램 안내 전단지 하나도 직접 글을 쓴다. 광고사에서 획일적으로 만들어 둔 전단지를 돈만 주고 사서 비치하는 게 일반적이지만, 내가 담고자 하는 정확한 내용을 전하려면 직접 글쓰기를 해야 한다.

여기에 주기적으로 책을 내고 있다. 책 쓰는 과정은 정신과 육체의 고통스런 노동을 수반한다. 유례 없는 출판 불황에 놓인 출판사나 편집자의 요구도 만족시켜야 하고, 독자들의 흥미와 눈높이도 맞춰야 한다. 게다가 동료 전문가가 보기에도 부끄러움이 남지 않는 글이어야 한다는 조건까지 다 충족시키려면 명치 밑이 그득해질 때가 많다.

번번이 '다시는 책을 쓰나 봐라'라며 후회하지만, 책이 나오면 이내 다음 책 기획에 마음이 가 있다. 임신과 출산의 고통 때문에 다시는 아이를 안 갖겠다던 산모가 금방 둘째를 임신하는 것과 마찬가지다.

이러다 보니 진료 외에 하루 종일 글쓰기와 그를 위한 예비 작업 속에 살아간다고 해도 과언이 아니다. 원고 작성이 1할이라면 기획과 취재 노력은 9할이다. 환자와 상담 과정에서 배우고 느낀 점들이 가장 큰 밑천이 되지만 이것만으로는 충분치 않다. 책 읽기를 선천적으로 싫어하지만 다양한 책들을 안 찾아볼 수 없게 되는 것도 글쓰기 덕분이다.

그래도 좀더 효과적인 아이디어가 떠오르지 않아 고민할 때도 많다. 머리로 아는 것과 글로 표현되는 것은 별개의 문제이기 때문이다. 결국 메모를 일상화하게 된다. 진료 사이사이는 물론이고 운전 중이나 심지어 화장실에서도 아이디어가 떠오르면 메모를 한다. 특히 원고 마감은 임박해 오는데 글은 잘 안 써질 경우엔 무의식을 이용한다. '네가 좋은 아이디어와 표현을 내놓나 안 내놓나 어디 한번 두고 보자'며 스스로를 압박해 본다. 잠자기 전에도 이렇게 암시를 걸면, 새벽녘에도 몇 번씩 아이디어가 떠올라 잠에서 깬다.

진료는 진료 그 자체의 의미 외에도 다양한 글쓰기를 위한 취재 활동의 일환인 셈이다. 그래서 조금 더 자세히 묻고 근본적 원인을 찾으려 애쓰게 된다. 글쓰기에 필요한 아이디어도 찾아야 하기 때문이다. 아는 만큼 보이게 되고, 고민한 만큼 느낄 수 있기 때문에, 평소 진료 현장과 관련된 글쓰기는 진료의 질을 높이는 데도 긍정적으로 피드백된다.

상담 중에 환자에게 뭔가 해줄 말은 있는데, 이상하게 말문이 안 떨어지는 경우가 종종 생긴다. 이런 날은 나 스스로가 만족스럽지 못하다. 그러나 평소 칼럼이든 방송 원고든 글로 써본 내용은 상담 중에도 아주 자연스럽게 나온다. 당연히 환자에게 전해지는 공감도 높아지기 마련이다.

이처럼 필자에게 글쓰기는 진료와 함께 언제나 일의 중심에 존재한다. 실제 신문사에서 기자 생활을 할 때보다 훨씬 더 많은 글을 쓰고, 글 쓰는 일로 고민하며 살아가고 있다. 이러다 보니 많은 원고를 감당하느라 때로는 벅찰 때도 많다. 그러나 아직은 주어진 기회에 감사하며 감당할 수 있는 한계를 시험해 보면서 몰아붙이는 중이다. 기자 생활을 할 때는 '내가 기자야? 한의사야?'라는 정체성을 고민했다면, 지금은 '내가 한의사야? 기자야?'라는 생각이 들 때도 많다.

... 글쓰기, 그렇게 재미있나?

주변에선 "글쓰기가 그렇게 좋냐?"라고 묻는다. 잠을 자다가도 벌떡 일어나고, 한참 영화 감상을 하다가도 급히 메모를 하는 모습 때문이다. 또 한의대를 졸업하고 신문기자를 할 정도였으니 글쓰기를 좋아하고 그쪽으로도 애초에 소질이 있었을 것이란 선입견을 갖는다. 그러나 대답은 한마디로 "노"(No)다.

즐겁지도 않고 문학청년은 더더욱 아니었다. 고교 시절에도 국어 한 과목 감점이 전 과목 합친 감점과 비슷할 정도였다. 어릴 때도 동화책 한 권 사본 적이 없고, 심지어 책이라면 만화책 읽는 것조차도 싫어했다. 요즘처럼 책 읽기가 중요한 시절이라면, 좋은 대학은 못 갔을 듯싶다. 백일장 문턱은 고사하고 그 흔한 일기 쓰기 상 한번 못 받아 봤다.

한의대를 다닐 때도 마찬가지였다. 한문이나 영어 원서를 닥치는 대로 외우고, 복사기처럼 답안지에 옮겨 적는 시험으로 6년이 흘렀다. 그때까지도 이렇게 다방면의 책을 읽어야 하고, 심지어 글 쓰는 일로 고민하는 삶은 상상도 하지 못했다.

글쓰기에 발을 들인 건 대학 본과 2학년 때였다. 약사들의 한약 조제 허용을 놓고 이른바 '한약 분쟁'이 터졌다. 전국의 한의대생들이 유급까지 불사하며 반대 시위를 했다. 이 무렵 PC통신 하이텔에서 논쟁을 하게 된 것이 내 글쓰기의 시작이었다.

이후 사회문제에 관심을 갖고 언론인이 되면 더욱 의미 있는 일을 할 수 있다는 목표가 생겼다. 그러나 문제는 형편없는 내 글솜씨였다. 고등학교 땐 사지선다식, 대학 땐 묻지 마 암기에만 익숙했던 내게 글쓰기는 내 앞을 가로막은 커다란 장벽이었다. 언론사 1차 관문인 영어나 상식 시험을 통과해도 번번이 2차 논술과 작문 시험에서 고배를 마셨다. 첫 신문사 논술 시험에서 두 시간 동안 단 한 줄도 쓰지 못하고, 멍하니 백지만 쳐다보다 돌아왔던 기억이 아직도 생생하다.

이후 사설이며 칼럼들을 닥치는 대로 읽고 아예 '외우는' 것으로 겨우 관문을 통과했다. 글재주로는 인문계 출신의 문학 청년들과 경쟁해서 이길 방법이 도저히 없어 보였다. 언론사 논술 시험은 50분 안에 1200~1500자 글쓰기다. 시제를 받으면 100미터 달리기 하듯 뛰쳐나가야 하는데, 당시 내 실력으론 글 구상하기에도 벅찬 시간이었다.

배운 게 도둑질이라고 했던가. 이대로 포기할 순 없었기에 이리저리 고민 끝에, 정말 무식한(?) 한의대 식 묻지 마 암기 방법을 비장의 무기로 쓰기로 마음먹었다. 글쓰기 아웃풋이 안되는 것은 글재주가 없기도 하지만 인풋이 없었기 때문이란 생각이 들었다. 문장력을 하루아침에 늘리기는 더욱 어려우니, 결국 좋은 콘텐츠들을 모조리 외우기로 마음먹었다.

동일한 주제의 사설과 칼럼들 여러 개를 비교하고 정리했다. 이렇게 하면 균형 잡힌 시각과 멋진 표현들까지 취합할 수 있다. 내로라하는 글쟁이들의 멋진 콘텐츠들을 쏙쏙 뽑아 창고에 차곡차곡 쌓아 나갔다. 이렇게 재편집한 글은 빈 강의실에서 아예 토씨 하나 틀리지 않을 때까지 반복해서 외우고, 중간고사 시험을 치듯 그대로 써보는 연습을 반복했다. 이렇게 다양한 주제별로 늘 30~40개 정도를 준비하니 어떤 주제가 나오든지 나만의 정성과 개성(?) 가득한 글을 속전속결로 써내려갈 수 있었다.

어찌 보면 단기간의 궁여지책으로 찾은 나만의 글쓰기 방식이었지만, 송나라 문장가 구양수의 글쓰기 비법 '다독(多讀), 다상량(多商量), 다작(多作)'의 과정과도 결국 일치하지 않았나 싶다.

기자를 그만두고 7년간 한방정신과와 사상의학을 공부하던 시절에도 자기분석 수련이 핵심이었다. 이때도 매일같이 글을 쓰고 그 글 속에 배여 있는 나 자신의 마음과 무의식을 분석하는 과정의 반복이었다. 심지어 꿈을 꾸면 바로 깨어나 글로 옮겨 적고 이를 분석해야 했다.

이처럼 '글쓰기'는 내가 좋아하고 특별한 재주가 있어서 하게 된 것은 아니었다. 어떤 길을 가야 할지 혼란스러웠던 20~30대에 내가 가려던 길목마다 나타난 꼭 넘어야 할 산과 같은 대상이었다. 정작 가장 자신 있었던 수학은 대학 시절 과외 아르바이트 이후론 별로 사용을 못했다. 그러나 가장 취약했던 국어와 글쓰기는 인생의 중요한 고비마다 등장한 것도 참 아이러니하다.

… 글쓰기가 주는 크고 작은 이익

지금도 글쓰기는 즐겁기보다는 부담스럽다. 그런데도 왜 글 쓰는 일을 계속하는 걸까. 이는 크고 작은 '이익' 때문이다. 진료 행위나 마찬가지로 글쓰기 역시 금전적 보상이 뒤따른다. 당장 원고료나 인세도 받는다. 그리고 글을 읽고 공감한 환자들이 내원한다. 병의원들도 환자 유치를 위해 부담스러운 광고료를 감수해야 하는 세상이다. 그런데 글쓰기는 광고료 한 푼 들이지 않고도 일석이조의 이익을 준다.

이런 점이 글쓰기를 지속할 동기 유발 요인 중 하나임은 분명하다. 그러나 이것이 전부는 아니다. 홍보를 위해서라면 의사가 직접 글을 쓰고 책을 내는 일은 매우 비효율적이다. 들이는 노력 대비 경제적 이익을 고려한다면, 차라리 돈 내고 직접 광고하는 게 속 편하다. 책 한 권이 나오기까지 1~2년 이상 공을 들인다는 점을 감안할 때, 경제적 이익만 따지는 건 지극히 비효율적이다. 차라리 그 노력을 돈 버는 데 전적으로 기울이면 훨씬 더 많은 이익을 얻을 수 있다.

그러나 글쓰기를 삶의 중심에 놓아 두려는 것은, 또 다른 이익들도 많기 때문이다. 무엇보다 글쓰기는 환자와 의사 간 커뮤니케이션 향상에 큰 도움을 준다. 옛 한의사들은 "풍(風)이야, 약이나 먹어!"라고 해도 통용되던 시절이 있었다. 그러나 요즘은 어림없는 방식이다. 전문 분야일지라도 구체적으로 설명 듣기를 바란다. 의사의 진료에도 커뮤니케이션이 매우 중요해졌다. 하물며 면담 치료가 핵심인 한방정신과 진료야 말할 것도 없다.

또 한의학은 그 용어와 개념들이 친숙하지 않기에 설명 능력은 더더욱 중요하다. 일례로, 서양 의학에서 '간염'이라 하면 간단하지만, 한의학에서 '간기울결증'이란 표현만으론 좀처럼 의미 전달이 쉽지 않다.

여기에 한방정신과 분야는 더더욱 복잡하다. 단순히 신체 구조의 이상을 넘어, 마음과 삶의 문제에서 연유한 원인을 찾고 설명해야 한다. 환자 스스로도 미처 모르고 있는 무의식 영역의 원인을 찾고 이해시키려면 커뮤니케이션 능력이 매우 중요하다. 또렷이 설명해 주지 못하는 의사에게, 환자들은 자신의 몸을 맡기지 않는다.

실제, 한방정신과의 상담 과정은 기자의 취재나 인터뷰 과정과도 많이 닮아 있다. 상대가 비밀스럽게 감추고 싶고, 때로는 무의식적으로 저항하는 내용까지 조심스럽게 접근해 가는 과정도 유사하다. 이때 전문 용어만 늘어놓으며 고압적 태도를 보이면 소통은 어려워진다. 전문가끼리의 소통 언어와는 전혀 다른 설명과 접근 방식이 요구된다. 이는 제2외국어를 배우듯 의사가 새롭게 노력해야 하는 부분이다.

전문 분야를 깊이 안다 해서 환자에게도 그냥 아는 대로 설명하면 될 것 같지만, 막상 해보면 뜻대로 전달되지 않는다. 이때 진료 행위를 그 자체로 흘려보내지 않고, 여러 번 의미를 되짚어 보게 만드는 글쓰기 과정이 큰 도움을 준다.

진료 중 환자로부터 받은 질문이나 궁금증을 환자 눈높이에서 속 시원히 설명하지 못하는 것은 의사가 전문 지식은 있어도 환자와의 소통법은 부족한 것이다. 안다면 어떤 식으로든 설명할 수 있어야 한다. 그런데 글을 써보는 과정은 이런 커뮤니케이션을 훨씬 순조롭게 만들고, 까다로운 원인을 분석해 내는 데도 도움이 된다. 아울러 환자를 설득하고 치료에 협조적인 태도를 만드는 데도 중요한 역할을 한다.

이 역시 말을 잘하는 능력으로 보이지만, 결국은 글쓰기다. 글을 써서 정리해 본 내용을 전하는 것과 두루뭉술 아는 것을 전하는 것은 환자 입장에선 신뢰감의 차이가 클 수밖에 없다.

스티브 잡스는 IT 전문가이지만 '프레젠테이션'의 중요성을 늘 강조했다. 바로 자신이 만들어 낸 지적 가치 또한 전문가나 대중들과 공유될 때 더욱 가치를 발하기 때문이다. 의사의 진료 행위 역시 마찬가지다. '환자가 못 알아먹는다'고 불평만 하던 시절은 지나갔다. 환자 수준에서 설명할 수 있는 능력도 의사가 갖추어야 할 영역으로 들어왔다. 그 표현 방식이 동영상이든 말이든, 기본은 어디까지나 글쓰기에서 출발할 수밖에 없다.

... 글쓰기는 혼자 치르는 시험

한의학 역시 평생 공부해도 부족한 건 끊임없이 나타난다. 국가고시와 자격증을 따는 일은 '완성'이 아니라 '최소한'이며 이제 겨우 '시작'을 의미한다. 단순히 진료와 관련된 정보 습득뿐만이 아니다. 이 세상에 똑같은 환자란 없고, 늘 새로운 상황에 맞는 적절함을 찾아가는 공부는 평생 해도 모자라다.

그러나 개업을 하고 일상에 쫓기며 나이가 들다 보면 어느덧 공부에 대한 동력은 상실되기 쉽다. 특히 학위나 자격 과정이 끝나면 아무도 강요하는 이가 없다. 특히 병원 경영이 잘되면 잘 낫지 않는 환자에 대한 고민은 적어진다. 대신 실력이 좋아서 환자가 많은 줄 착각한다.

혼자서도 치열하게 공부하는 건 결코 쉽지 않다. 학부 때야 시험이라도 치고 서로 경쟁 상대라도 있지만, 개업을 하면 그런 계기도 적어진다. 공부해도 안 해도 당장 크게 표가 나지도 않는다. 또한 고단함을 요구하기에 스스로 하기란 참 쉽지 않다. 대신, 스스로 '안다' 하는 착각에 빠지기 쉽다. 배움의 고단함을 '안다' 하는 착각으로 회피하는 것이다.

사상의학에서 소음인은 탐심(貪心)으로, 태음인은 교심(驕心)으로, 소양인은 과심(誇心), 태양인은 절심(竊心)으로 드러난다. 즉, 자기 사고가 강한 소음인은 모르는 것을 새롭게 궁리하기보다, 기존 논리를 얼렁뚱땅 갖다 붙인 궤변으로 아는 척하기 쉽다. 그래서 '하나를 들으면 열을 아는' 것처럼 착각한다.

태음인은 과거 자신의 경험과 현재 상황이 전혀 다른데도, 대충 비슷한 것으로 간주해 아는 척 넘어가려 한다. 그리고 논리적 연결고리를 갖추거나 결론으로 압축하려는 노력은 부실해지기 쉽다.

소양인은 외부적으로 자신의 결점만 드러나지 않으면 문제될 것이 없다는 식이다. 조금 아는 것도 얼렁뚱땅 과장하고 순간 위기만 모면하며 안주해 버리기 쉽다. 말은 청산유수에 유머까지 겸비했지만, 유희에만 몰입하다 보면 사고력은 점점 떨어지게 된다.

태양인은 자신의 직관만을 급하게 전하려 할 뿐, 합리적이고 논리적인 설명엔 취약하다. 대신 '내 말 안 들으면 다 죽어!'라는 식의 유치한 결론을 서두른다.

글쓰기는 이 같은 타고난 단점을 구체적으로 되짚어 보는 좋은 공부가 된다. 필자 또한 태음인이라, 사람이든 배움이든 새로운 것을 피하고 편하고 익숙한 대상에만 안주하려는 게으름이 뿌리 깊다. 그러나 글쓰기를 하다 보면 늘 새롭게 부딪히고 다양한 분야를 접하지 않을 수 없다.

흔히 "알긴 아는데 막상 설명하려니 참 어렵네"라고 말하지만 이 또한 착각이다. 앎의 경계가 명확하지 않은 채 두루뭉술 아는 척 넘어간 것뿐이다. 공자는 '아는 것을 안다고 하고, 모르는 것은 모른다고 하는 것, 이것이 진정한 앎이다'라고 일갈했다.

글로 써보고 말로 표현해 보면 비로소 분명해진다. 즉, 글쓰기는 내 앎의 경계를 명확히 하는 수련이다. 게으름에서 비롯된 앎에 대한 착각을 벗어날 수 있는 좋은 계기다. 필자가 언론사 첫 시험 전까지만 해도 '대충 어떻게든 쓸 수 있겠지'라고 착각한 것도 이런 예다. 그러나 막상 써보면 정말 아는 게 없었음을 뼈저리게 느끼게 된다.

이처럼 글쓰기는 항상 편한 것을 찾으려는 게으름으로 가득한 내 머리의 착각을 깨부수는 과정이다. 동시에 무엇을 모르는지를 계속 드러냄으로써, 무엇을 더 고민하고 채워야 할지를 찾아가는 일종의 나침반이다.

'이 정도면 됐겠지'라며 '나는 안다' 하는 착각으로 대충 넘어가려던 내용들을 막상 글쓰기를 해보면 한참을 더 궁리하고 배워야 함을 인지하게 된다. 그래야 앎에 대한 추동이 시작되고, 확충하는 공부로 진료 또한 질적 향상을 가져오게 된다.

공자는 '앎은 귀로 듣고 아는 단계, 머리로 이해하는 단계, 몸으로 실천하는 단계가 있다'라고 설명했다. 글쓰기는 귀와 머리로 이해하는 단계에서 실천하는 단계로 나아가기 위한 가장 좋은 훈련 과정이다.

글쓰기는 환자와 의사 간의 커뮤니케이션 목적 이전에, 내 부족함을 끊임없이 찾고 확충하는 연습이다. 일종의 혼자 치르는 '시험'과도 같다. '열 배는 알아야 하나를 정확히 전달할 수 있다'는 말처럼, 내 앎이 분명히 정리되지 않으면 그 하나조차 제대로 전달하기 어렵다.

상대가 이해를 못하는 것은, 전하는 내가 온전히 이해 못한 내용을 서둘러 전하려 했기 때문이다. 예컨대, 강의를 듣는데 내용이 어렵기만 하고 아무리 집중해도 이해가 안 된다면, 이는 가르치는 이가 제대로 이해를 못한 것이다.

실제, 특정 내용에 대한 글쓰기를 하고 나면 신기하게도 얼마 지나지 않아 그와 관련된 새로운 환자가 등장한다. 글로 썼던 내용을 그대로 사용할 일이 또 생기게 된다. 이는 단순히 우연의 일치가 아니다.

아는 만큼 보이기 때문이다. 이미 그런 환자들은 내 진료실을 수차례 다녀갔지만, 내 공부가 미리 준비되지 않았기에 내 눈에 보이지 않아 놓쳤던 것뿐이다. 그런데 글쓰기를 통해 내 앎이 명확해지면 그런 환자가 이제야 내 눈에 선명하게 들어오는 것이다.

전공 관련 책을 쓰는 과정도 특히 그렇다. 자연히 관련 서적 수십 권은 읽게 된다. 안다고 착각했던 부분과 설명하기에 애매모호한 부분이 수도 없이 튀어나온다. 그래서 책을 쓰는 것은 내가 아는 것을 전하는 과정이기 이전에 엄청난 내 공부가 된다.

하나를 귀로 듣고 머리로 바르게 이해하는 과정도 중요하다. 그러나 그 하나를 글이나 책으로 쓸 수 있는 것은 또 다르다. 하나를 쓰기 위해서는 적어도 열 배는 알아야 하기 때문이다. 이는 책을 직접 써보면 안다. 그저 아는 것을 휘갈겨 써 내려가는 것이 아니라, 무엇을 어떻게 보여 줄 것인가 몇 수 앞을 내다보지 못하면 좋은 책을 쓰기는 어렵다.

한마디로 내게 글쓰기는 삶의 다양한 난제를 끊임없이 묻고 배워야 하는 의사이자 학생으로서 '앎의 확충'이란 커다란 이익을 주는 시험 무대인 셈이다.

... 글쓰기는 배움인 동시에 가르침

공자는 "태어나면서 아는 자는 최상이고, 배워서 아는 자는 그 다음이다. 어려움을 겪으면서도 배우는 자는 또한 그다음이나, 어려움을 겪고도 배우지 아니하는 자는 최하가 된다"라고 일갈했다.

배움은 정말 끝이 없다. 한방정신과 진료는 매뉴얼에 맞춰 환자를 기계적으로 검사하고 투약하는 것으론 제대로 의사 역할을 했다고 할 수 없다. 화병, 우울증, 불안장애 등은 삶의 문제에서 비롯된 질병들이기에 그렇다. '병'과 함께 '사람'을 봐야 제대로 치유된다. 단순히 몸 차원의 기계적 접근보다 환자의 '삶'과 '타고난 성정'의 치우침까지도 함께 분석하고 중용의 관점에서 도와주어야 한다.

그래서 한의학뿐만 아니라 심리학, 철학, 종교, 유학 등 다방면의 지혜가 필요하다. 단순히 의학 지식만으로는 해결이 어렵다. 공자가 말한 '최하'라도 면하고 의사로서 밥값을 하려면 끊임없이 공부할 수밖에 없다.

예컨대, 남편의 외도와 황혼 이혼 문제로 갈등하다 불면증이 생긴 60대 노인에게 과연 수면제만 주면 되는 걸까. 사춘기 자녀와의 갈등으로 화병이 생긴 중년 여성에게 화병 한약만 주면 낫는 걸까. 모든 걸 자식 탓으로 여기는 그녀에게, 자녀의 문제가 아니라 부모의 차가운 애착이 근본 원인임을 어떻게 전하고 변화시킬 것인가.

이런 물음에 대한 답은 정신의학 교과서에는 없다. 그렇다면 의사 개인의 경험이나 가치관을 그냥 전달할 것인가. 필자보다 훨씬 사회적으로도 성공했고, 나이도 인생 경험도 훨씬 많으며, 자기 확신이 강한 환자들이 순순히 조언을 받아들일까. '네가 뭔데?'라는 거부감으로 치료 개시조차 어렵게 된다.

의사 개인의 경험과 기준에서 전하는 것은 그래서 자칫 큰

실례가 된다. 의사와 환자 간의 신뢰 형성을 어렵게 만든다. 그렇다고 진짜 원인을 모른 척 덮어 두고 약만 줘봐야 낫질 않는 병이다. 이런 딜레마를 수도 없이 경험하게 된다.

10~20대에는 배우기만 해도 허물이 없다. 그러나 어느 순간부터는 누군가를 제대로 가르치지 못하면 이 또한 허물이다. 한방정신과 의사라는 위치 또한 그렇다. 의사도 서비스직이라는 시류가 강하지만, 적어도 한방정신과 영역에선 '가르침'을 전하지 못하면 '3류 서비스맨'이나 다를 바 없다.

맹자는 "사람은 남의 스승이 되고자 하는 병통이 있다"라고 경고했다. 남을 가르치려는 욕구를 왜 '병'이라고 했을까. 바로 가르치는 사람의 심욕과 치우침까지 상대에게 여과 없이 서둘러 전하면 병폐가 되는 것이다. 즉, 가르치는 사람의 자세를 경계한 말이다. 그래서 술이부작(述而不作), 즉 선현들의 가르침을 전하되, 내 마음대로 지어내진 말라고 경계한 것이다.

목사님이나 신부님이 개인 경험이 아닌 성경 말씀을 대신 전하는 것이나 마찬가지다. 한방정신과 의사 또한 자기 생각을 '가르치기'보다 동서고금 혜안을 '전하는' 것이다.

그래야 환자들도 나이와 직위 고하를 떠나 받아들일 수 있게 된다. 당장 자신의 아픈 폐부를 찔러도 수용할 수 있게 된다. 대표적인 것이 바로 『논어』의 '교'(教)와 『맹자』의 '시비'(是非)라 할 수 있다.

황혼 이혼 문제를 표면적으론 아들뻘 되는 의사에게 듣는 것처럼 보이지만, 실제론 선현들이 전하고 간 보편타당한 길을 함께 찾아보는 과정이다. 의사는 공부해서 전달하는 역할인 셈이다. 결국 이런 진료가 가능해지려면 부지런히 배울 수밖에 없다. 그래서 배우는 동시에 전하는 것이다.

필자가 글쓰기에서 늘 신경 쓰는 대목이다. 필자 개인의 경험과 생각보다, 선현들은 이런 상황을 어떻게 받아들이고 대처했을까 물어보는 것이다. 결국 글쓰기는 고전에서 환자와 나 자신의 삶의 문제에 대한 해답을 찾아가는 과정이다.

고전이란 수많은 세대를 통해 검증된 보편타당성을 담고 있다. 그중에서도 필자가 애용하는 것은 바로 사상의학과 유 철학이다. 사상의학은 한방 정신분석학이며, 유 철학은 한국인의 밑바닥 정서에 각인된 종교이자 학문이기 때문이다. 기독교든 불교든 상관없이 한국인이라면 기본 가르침으로 갖고 있는 공통 정서다.

글쓰기는 단순히 내가 알고 경험한 것들을 정리하는 것이 아니다. 주어진 갈등 상황에 가장 합당한 순리와 해법이 무엇인지 선현들에게 물어보는 과정이다. 달리 표현하면 내 글쓰기의 목적은 선현들의 혜안을 부지런히 '표절'해 오는 것이다. 그래서 문학적 미문을 쓰는 것보다는 공감을 자아내는 것이 중요하다.

글쓰기의 모티프를 항상 '내 생각'이 아닌 '고전'에서 출발하려는 노력도 이 같은 이유에서다. 그 가르침으로 나의 치우침을 균형 잡으면, 그 기세는 나와 환자에게도 자연스레 스며들 것이다.

이런 글쓰기는 결국 진료와 삶의 수련 과정이자 중간 보고서인 셈이다. 즉, 기로에 선 환자에게 전해 줄 해답인 동시에, 나의 치우친 성정에 대한 공부인 셈이다. 한마디로 맹자가 말한 '학불염이 교불권'(學不厭而 敎不倦)이다. 배움에 염증을 내지 말고 가르침에 권태로워하지 않기 위한 평생 수련 과정이 바로 글쓰기다. 이것이 글쓰기를 통해 가장 크게 얻는 이익이다. 타고난 글재주는 없어도, 때로는 게으름을 피우고 싶어도, 포기할 수 없는 이유다.

현재 내가 좋은 글을 쓰고 있다면, 그것은 내 삶을 잘 살고 있다는 의미다. 또한 지금 쓴 글이 훗날 두 딸을 포함한 누군가가 읽어도 부끄럽지 않다면, 내 인생 또한 허투루 살지 않았다는 징표가 될 것이다.

나는 이렇게 요리하고 쓴다

박찬일

박찬일

우리 땅에서 나는 재료를 가지고 만든 이탈리아 음식으로 유명해졌다. 그 후 젊은 요리사들 사이에서 유행처럼 번진 슬로푸드, 로컬푸드 개념을 양식당에 최초로 적용한 사람이기도 하다. 울진 피문어, 진도 보리싹, 서산 바지락처럼 선명한 원산지를 메뉴판에 적어 놓아 화제를 모았으며, 수입 아스파라거스 대신 진도 대파를, 수입 연어 대신 제주 고등어를, 수입 쇠고기 대신 남원 흑돼지를, 마치 양식당의 불문율처럼 써야 했던 소고기 스테이크 대신 돼지 부산물을 메인 스테이크로 내놓았던 배짱의 요리사이기도 하다. 현재는 서교동 무국적 술집 '몽로'의 주방장으로 일하며 여러 매체에 음식 칼럼을 쓰고 있다. 지은 책으로 『박찬일의 와인 셀렉션』, 『지중해 태양의 요리사』, 『보통날의 파스타』, 『어쨌든, 잇태리』, 『추억의 절반은 맛이다』, 『보통날의 와인』 등이 있다.

1.

눈이 침침하여 안과를 갔더니 의사가 갸우뚱한다. “망막과 시신경이 연세에 안 맞게 좀 일찍 노쇠하고 있군요.” 네? “글쎄요, 유전적인 요인이 강하죠. 혹시 약품을 다루거나 야외에서 햇빛을 강하게 보고 일하시나요?” 유전적일 수는 없는 듯합니다. 모친은 지금도 안경 없이 신문을 보시거든요. 그리고 약품이라……. 올리브유와 식초를 약품이라고 부르지는 않겠지요? 햇빛은커녕 종일 형광등 불빛에서…….

곰곰 생각해 보니, 혹시 어려서 눈을 혹사한 것은 아닐까 생각이 든다. 우리 집은 달랑 방이 두 개여서 초등학교 때까지는 누이들과 같이 썼다. 그때부터 밤잠이 없었는지, 누이들이 다 잠든 후에 이불 속에서 ‘후레쉬’를 켜놓고 책을 읽었다. 코난 도일부터 최인호, 박범신……. 도일을 읽고 나면 꿈에 커다랗고 무서운 바스커빌의 개가 나타나서 오줌을 지렸다. 최인호와 박범신이 그리는 여자들도 나타나서 내 손등을 핥았다. 닥치는 대로 읽었다. 활자가 늘 고프던 시절이었다. 학교에서 나눠 주던 어용 어린이신문을 광고까지 읽었다. 그때 우리 집은 동네에서 드물게 신문을 보고 있었는데, 1면의 제호 아래 생명보험과 미원 광고부터 마지막 면의 텔레비전 프로그램까지 다 독파했다.

텔레비전이라고 하니 생각나는 일화가 있다. 어찌어찌 대한전선의 17인치 텔레비전을 샀다. 이 텔레비전은 어머니의 로망이었는데, 아버지가 약주 좀 드시느라 그 텔레비전을 잡혀먹힌 것이다. 월부로 산지라 한 달에 한 번은 수금 사원이 집에 왔다. 그때에는 흔히 월부로 뭐든 샀다. 코미디언 배삼룡이 선전하는 '유니버설 전자보온밥통'도 24개월 할부로 사던 때였다. 월부로 산다는 건 완납하는 그날까지 물건의 소유권이 제품 판매처에 있다는 뜻이다. 그래서 납부가 몇 달 밀리면 물건을 회수해 가는 경우가 많았다. 그러니 텔레비전이 집에 없으면 사달이 날 상황이었다. 누가 지혜(?)를 냈는지 모르겠는데, 수금 사원이 오는 날에는 안방에서 작은 공사가 있었다. 다리가 없는 나무 케이스에 들어 있던 텔레비전이 있는 것처럼 보이도록 위장을 하는 일이었다. 텔레비전의 부피만큼 책을 쌓고, 텔레비전 보호용 '비로도 덮개'를 얹었던 것이다. 수금 사원에게 들키지 않고 어찌어찌 월부를 다 갚고서야 그 소동은 끝났다. 그때 텔레비전의 부피를 대신한 책이 바로 '계몽사 소년소녀세계문학전집'이었다. 자주색 천으로 책등이 싸여 있고, 오렌지색 표지의 그 전집! 그것도 어머니가 월부로 산 것이었다. 전체 50권인가 했는데, 반으로 나눠 25권만 샀다(이 전집 절반 구매 유전자는 내게도 이어져, 나중에 대학 무렵 유행하던 창비 영인본을 딱 절반만 산

적이 있다). 『소공자』와 『소공녀』, 『십오 소년 표류기』, 『집 없는 아이』, 『장발장』……. 내게 글 쓰는 재주가 있다면 그 공을 모두 계몽사에 바쳐도 된다. 이 책들 덕택에 나의 시선은 세계로 열릴 수 있었을 것이다. 버터라는 물질이 있다는 것도(기름도 아니고 비계도 아닌 것이!), '사라다'가 먹는 음식이라는 것도 모두 그 책을 통해 배웠던 셈이다.

2.

나는 글 쓰는 요리사는 별칭이 있다. 내가 지은 것은 아니다. 썩 마음에 드는 말은 아닌데, 그렇다고 틀린 말도 아니니 누가 쓴다고 해서 토를 달 수는 없다. 글 쓰는 요리사라니! 글도 시원찮고, 요리도 못하는 사람 같다. 실은 내 정체와 속을 들켜버린 것 때문에 마음에 흔쾌하지 않은지도 모른다. 글과 요리는 그다지 친한 것 같지 않기 때문이기도 하다. 가수 씨엘의 아버지로 알려진 이기진 교수는 그분 스스로 아주 흥미롭다. 물리학자인데 전문 작가 빰치게 일러스트를 잘 그린다. 그런데 그게 그다지 어색하지 않다. 뭐, 물리학 교수가 그림을 잘 그릴 수도 있지. 그렇게들 생각해 주는 것 같다. 소설 쓰는 김중혁도 일러스트에 탁월한 재능이 있다. 그는 그 능력으로 밥벌이도 한다. 소설이 밥이 안 되는 세상이므로 그는 많은 글쟁이들에게 질투를 산다. 그는 알려진 성격대로 쿨하다. '뭐 그림은 마지못해 하는 것이지요' 이러지 않고, '그림이 얼마나 재미있는

데요' 이런다. 그의 명함은 앞뒤로 각기 손수 그린 일러스트 자화상이 있다. 한쪽은 고뇌(?)하는 소설가 김중혁이 있고, 반대편에는 즐거워하는 만화가 김중혁이 있다. 그의 마음을 명함에 표현하고 있다. 사람들은 아하, 글은 힘껏 애써서 쓰고 그림은 즐거이 하는구나, 이 정도로 이해한다. 서로 멀리 떨어져 있는 것이라고 생각하지도 않는다. 그런데 내가 하는 이 '짓'은 좀 달라 보인다. 별로 접점이 없어 보이는 것이다. 오죽하면, 언젠가 "당신이 하는 두 직업이 연관성이 있다는 주제로 글을 써주세요"라는 청탁을 받고 겨우 생각해 낸 것이 이런 지경이었다.

"두 직업 모두 칼과 관련이 있다. 연필을 깎아 글을 쓰려면 칼이 필요하다. 요리도 칼이……."

그렇다고 김중혁처럼 글 쓸 때는 고뇌하고, 요리할 때는 즐겁다, 이런 것도 아니다. 각기 즐겁고 고뇌하며 슬플 때가 있다. 어쩌면 나의 이 두 가지 일은 같은 일을 다른 방식으로 표현하는 것 같기도 하다. 요리는 온전히 먹이는 일이지만, 그 이면에 난마처럼 얽혀 있는 여러 세계들을 함께 보려는 노력을 하고 있는 듯하다. 그런 점에서 내가 '글 쓰는 요리사'라는 말은 맞다. 글을 쓴다는 건, 세상의 어두운 쪽에 빛을 한 줄기 비추려는 작업이라는 말이 맞다면 말이다. 요리 이면의 세상을 사람들에게 설명하는 것이 내 일이라는 면에서 말이다. 이를테면 이런 것이다. 다음은 내가 한 신문에 연재하고 있는 칼럼의 일부다.

요리사는 불을 때서 요리한다. 모든 에너지는 근원이 같다. 땀을 뻘뻘 흘리며 몸을 써서 요리를 하는 것도 '불을 때는' 행위와 같다. 우리 몸도 일종의 내연기관이니 먹어서 힘을 얻고, 그 칼로리는 전기나 기름에서 얻는 것과 하등 다르지 않다. 실제로 우리가 먹는 곡물과 고기를 태워서 난방을 하거나 에어컨을 돌릴 수도 있다. 곡물과 고기가 썩은 것이 기름이고 석탄이라는 놀라운 순환을 생각해 보라. 노장 요리사들은 그들의 일생에서 가장 급격한 에너지의 변화를 겪은 분들이다. 나무-석탄-구공탄-프로판가스-도시가스-전기로 이어지는 연료의 변천을 체험했다. 인류 역사에서 이렇게 짧은 시간에 요리용 화력이 변해 온 경우도 없다. 내가 아는 '사부'급 요리사는 동란 이후에는 나무와 까만 분탄을 물에 개어 화덕에 넣고 요리를 했다는 증언을 하고 있다. 우리는 에너지로 먹고 산다. 하루도 그 '열량'의 도가니에서 벗어날 수 없다. 이 최후의 광란적 에너지 시대, 그 종말은 어떻게 될까. 두려워할 줄 아는 건 지혜의 진면목이라는 생각이 드는 요즘이다. 부엌에서 요리를 하기 위해 스위치 하나로 엄청난 열량의 화력이 활활 타오른다. 불을 사랑하는 요리사이지만, 밀려드는 두려움은 뭔가. (「광란적 에너지의 시대」, 『경향신문』, 2014.7.18.)

이 짧은 글에 나는 요리에 얽힌 여러 가지 관점들을 녹여 내려 하고 있다. 우선 내가 요리할 때 느끼는 상황이 곧 과학적으로 '에너지'라는 면과 연관되어 있다는 것을 주지시킨다. 여기에 요리사들이 거쳐 온 열원의 역사를 짧게 거론한다. 다큐멘터리가 된다. 그다음에는 에너지 과소비가 불러오는 두려움에 대해, 내가 부엌에서 열을 보고서 느낀 감정으로 표현한다. 이 글의 앞에는 2014년에 송전탑 건설과 관련하여 대투쟁이 벌어졌던 밀양의 '할매들'이 거론되어 있다. 에너지가 단순히 열원(칼로리)에 그치는 것이 아니라 정치적 문제임을 직시하고자 하는 것이다. 요리란 결국 맛있는 음식을 만드는 일이지만, 그 이면은 과학과 정치, 사회 문화, 노동의 총체임을 설명하려고 하는 것이다. 그것이 내 글쓰기의 요체일 수도 있다.

다른 글을 하나 보자. 『한겨레』에 쓰고 있는 '국수'에 대한 연재 글이다. 맛있는 국수 열전을 쓰면서 다른 각도로 국수를 해석한 내용이다.

> 면은 정치와 역사적 산물이다. 이게 무슨 소리? 이탈리아의 예를 들어 보자. (……) 결정적으로 건(乾)스파게티가 전국토에 퍼진 대사건이 연달아 발생한다. 바로 1, 2차 세계대전이다. 보관 기간이 길고(3년 이상) 요리하기 간편한 스파게티는 궁핍한 전쟁 기간에 더없이 훌륭한 음식이었다. 군인들의 전투식량으로도 아주 좋았다. (……) 징집된 병사들이 귀향하면서 건스파게티 문화도 퍼져 나갔다. 한국의

면 유행도 그렇다. 임오군란은 청의 개입 명분을 주었다. 음식 문화도 함께 들어왔다. 두말하면 잔소리인 짜장면은 물론이고 울면, 우동도 들어왔다. (……)
면이 정치 역사의 산물인 건 우리 면 문화의 토대가 바로 식민지와 전쟁의 근현대에 생겨났기 때문이다. 현재 우리가 먹는 소면은 마치 누대로 먹던 전통 음식인 줄 알지만, 실은 일제강점기에 생겨난 국수다. (……) 이 공장을 조선 반도에 설치한 건 물론 일본이었다.
소면과 짜장, 우동 같은 면 음식의 대유행은 미국의 원조 덕이었다. 미국 공법480조(PL480조)에 의한 미국 본토의 잉여 밀가루 공급은 안 그래도 쌀이 부족하던 한국에 엄청난 충격으로 다가왔다. 이승만, 박정희 정권은 포고령을 통해 쌀 대신 밀가루를 먹도록 강제했다. (……) 중년들의 기억에 생생한 혼분식의 추억은 그렇게 한반도의 정치 역사의 어떤 상징이었던 것이다. (「밀가루로 통제하던 시절」, 『한겨레』, 2014.5.8.)

맛있는 국수 이야기 대신 한국의 면이 정치적일 수밖에 없는 여러 가지 역사적 사실을 나열하고 있다. 한국에서 밀가루 음식은 매우 값이 비싸서 쉽게 먹을 수 없었다. 미국의 잉여 농산물 처리 정책이 우리의 추억이 어린 여러 가지 밀가루 음식의 '원조'가 되었다는 아이러니를 말하고자 했던 것이다.

내 글쓰기의 대강이 대개 이렇다. 스파게티를 아주 맛있게 하는 법에 대한 연구와 숙달된 기술 못지않게 컴퓨터 앞에 앉으면 다시 그 스파게티의 깊은 속살에 천착해 보는 것이다. 물론 그렇다고 내가 맛있는 음식에 자체에 철저하게 파고들어 가고자 하는 이야기를 쓰지 않은 것도 아니다. 이런 글은 어떤가. 돼지고기 소시지에 대한 글이다.

> 소시지가 그 살로써 다시 살이 되는 것은, 유대인들이 그 어미의 젖과 고기를 섞는 것을 저어하는 것과 같은 불경의 한 연장이다. 우리는 짐승의 창자를 찾아 그 살을 베어 내고 다지고 빵아 채워 넣는다. 창자는 그릇이되, 동시에 고기이며, 동시에 제 어미의 몸을 품는 외설의 도구가 된다. 서양 요리사들은 익숙하게 돼지의 창자를 꺼낸다. 창자를 열어 가장 더러운 것을 꺼내고, 거기에 가장 신성한 피와 고기와 향료와 기름을 채워 넣는다. 그것은 불경하되, 최초의 생명의 모습으로 돌아가는 행위이기도 하다. 소시지, 살라미, 살루미, 살시차, 부댕, 순대, 무엇으로 불리든 우리는 그것들을 경배한다. 소시지는 구이가 되지 못하는 부위를 구이로 만들어 준다. 빠르게 익으며, 사람이 인위적으로 그 맛을 조절할 수 있다. (……) 우리는 소시지를 만듦으로써 존재에 더 깊숙이 들어간다. (「살아, 살아, 내 살들아」, 『루엘』, 2014년 6월호)

이렇게 한 줄의 소시지에 인류가 먹어 온 음식의 역사를 압축해서 넣으려는 의도를 보여 줄 때도 있다. 무릇, 음식에 대한 글을 다룰 때 내가 사회에 갖는 의무를 이런 식으로 표현하고 있는 것이랄까.

3.

나는 요리와 글을 동일시하면서 일할 때가 많다. 모든 시냇물(작은 일들)이란 최후의 바다(완성품)에서 만난다. 자, 소고기 스테이크를 굽기 위해 내가 하는 일들을 순서대로 정리해 보자. 먼저 고기를 사들인다. 등심 부위를 한 채(고깃덩어리를 세는 현장의 단위) 산다. 숙성을 어떻게 할 것인가. 웨트에이징을 할까, 드라이에이징을 할까. 진공포장지에 싸서 좀 높은 온도로 숙성할지, 아니면 얼 듯 말 듯한 아주 낮은 온도로 할지 결정해야 한다. 각기 장단점이 있다. 고기 숙성고에 넣을지, 일반 김치냉장고의 항온 기능을 이용할지도 결정해야 한다. 그다음에는 그것을 어떻게 자를지 고민한다. 얇고 넓적하게? 두툼하고 좁게? 두툼하고도 넓게? 요리하고 판매할 목적에 맞춰 두께와 너비를 조절한다. 자르기 전에 먹기 힘든 부위를 잘라내고 손질한다. 근막과 기름, 혈액이 뭉친 부위를 제거한다. 그다음 잘라서 양념을 어떻게 먹일지 결정한다. 미리 소금물에 빠뜨려 맛을 들이고 냄새를 없앨 수도 있고 동양식으로 간장이나 된장에 양념을 할 수도 있다. 아니면 소금 간만 하여 곧바로 내는 것으로 결정할 수도 있다.

불은 무엇을 쓸까. 숯? 천천히 훈연하여 굽기? 가스불에 직화로 그릴? 아니면 오븐에서 천천히 로스팅할 것인지 빠르게 로스팅할지 결단을 내려야 한다. 팬에 구워서 낸다면, 두꺼운 주물 팬을 쓸지 일반 팬으로 요리할 것인지도 고기 맛에 영향을 끼친다. 소스는 무엇으로 할 것인가. 수많은 지구상의 요리 편람에 있는 소스들이 제각기 개성이 있다. 고추장이나 된장 소스를 낼 수도 있다. 아니면 아예 소스 없이 고기만 제공할 수도 있다(실제로 그런 스테이크가 요새 아주 인기다. 고기 맛에 집중하라는 뜻이다). 가니쉬(곁들이는 음식)도 문제다. 수많은 곡물과 채소가 다 가니쉬가 될 수 있다. 감자, 쌀, 고구마, 호박, 아스파라거스, 버섯, 심지어 만두와 국수까지도 가니쉬다. 물론 가니쉬를 안 낼 수도 있다(위의 이유와 같다. 고기에만 집중하기를 요청하는 것이다). 마지막으로 값을 매겨야 한다. 5만 원을 받을지, 3만 원을 받을지, 가격에 따라 고기의 품질과 식당의 컨셉트가 결정된다. 어떤 경우는 이윤을 포기하고 아주 좋은 고기를 싸게 낼 수도 있다. 이런 수많은 과정을 거쳐 한 접시의 스테이크가 탄생한다.

글을 쓴다는 것도 마찬가지다. 내가 한 월간지에 스테이크에 관해서 썼던 글을 보면서 글쓰기와 요리를 비교해 보자.

세계 최고의 아방가르드 레스토랑 중의 하나인 유명한 '엘 불리'의 수장 페란 아드리아조차 이렇게 말하지 않았던가.

"우리가 서른 몇 가지의 혁신적이고 창의적인 풀코스 요리를 내면서 고기 요리는 여전히 전근대적이란 건 참을 수 없는 고통이죠. 고기는 결국 구워서 갈색으로 내는 것밖에 방법이 없더라구요."

고기란 사실 달리 요리할 방법이 별로 없는, 불에 굽고 지져서 맛을 내는 단순한 과정에서 크게 변화가 없는 요리이다. 물론 불을 사용하기 시작한 원시시대부터 현대에 이르기까지. 아, 다른 점은 분명히 있긴 하다. 그때는 스테이크를 먹고 곧바로 사랑을 나눴겠지만, 현대는 커피도 마셔야 하고 차를 타고 호텔까지 이동하는 시간차가 존재한다는 점 말이다. (「지금 썰러 갑니다, 스테이크」, 『웹진Switch』, 2012년 5월호)

스테이크가 인간의 사회에서 어떤 자리에 있는지 가늠해 보는 서술이다. 결국 인간은 고기를 구워 먹기 원하고, 그 욕망이 스테이크로 귀결되는 중요성이 있다는 표현을 먼저 쓴다. 스테이크가 사랑의 전제 조건이 되기도 한다는 걸로 독자의 흥미를 돋운다. 고기를 식당 한 켠에 진열하는 것과 같은 과정이다. 저 고기가 어떻게 요리될까, 이 글은 어떻게 흘러갈까 하는 식의 흥미를 유발하는 것이다. 다음에는 기술적인 부분으로 넘어간다.

서양에서 스테이크를 익히는 기호는 제각기 달라서 토론

의 주제가 되기도 한다. 고기 속의 온도로 익힘의 차이를 구별하는 까닭에 '온도'(temperature)라는 말을 쓰는 게 영어권이다. 요리사마다 기호가 다르지만 레어라면 52도 아래, 미디엄은 60도 안팎, 웰던은 70도 이상을 기록하게 된다. 양식 요리사들이 상의 주머니에 온도계를 꽂고 있는 경우가 많은데, 대부분 고기의 속 온도를 체크하기 위해서다. 그런데 고기 좀 먹는다는 사람은 아주 설익힌 레어를 선호할 때가 많다. 한술 더 떠서 레어 중에서도 완벽하게 덜 익힌 생고기에 가까운 '블루레어'의 광팬도 많다. 소설 『모비딕』의 에이허브 선장은 고래고기 스테이크를 주문하면서 이렇게 가르친다. "내 고래고기 스테이크는 절대 많이 익혀서 망치지 말아. 한 손에 스테이크를 들고 이글거리는 석탄에게 스테이크를 슬쩍 보여 주기만 하라고."

고기를 굽는 온도를 설명하면서 소설의 한 문장을 끌어다 쓴다. 이렇게 해서 더 풍성한 글이 될 수 있는데, 내가 즐겨 쓰는 서술법이다. 스테이크에 윤기가 돌고 더 풍부한 육즙이 나오는 것처럼 글에 포인트를 주는 과정이다. 에이허브 선장의 주문은 레어에다 블루레어다. 그렇게 해서 독자들은 더 생동감 있는 고기의 익힘 정도를 판별할 수 있다. 웰던만 먹던 초보자도 이런 글을 통해서 새로운 굽기에 대한 열망이 생긴다.

요새 인기 있는 드라이에이징도 그런 인간의 제멋대로인 기호를 설명하는 열쇠다. 드라이에이징은 고기 표면의 수분을 지속적으로 말리면서 숙성을 촉진하는 방법이다. 고기를 저온에서 걸어 말리면 표면의 탈수 현상이 일어나고 효소와 효모의 작용에 의해 고기가 부드러워진다. 잘 숙성된 드라이에이징 고기는 육포나 훈제 소시지 같은 향이 난다. 문제는 기술적으로 상당히 어려운 일이어서, 자칫 잡균이 들어가면 고기가 부패하고 매번 똑같은 맛을 보장하지 못한다는 단점이 있다. 더구나 고기의 상당 부분을 깎아서 버린다는 점도 그렇다.

스테이크의 숙성법에 대한 설명이다. 고기가 부드러워지고 향을 얻는 것처럼 느껴진다. 이런 대목은 정공법으로 설명하는데, 요리에서 기본적인 맛은 어렵게 내지 않고 손님의 기호에 맞추는 것과 같은 이치다. 된장찌개는 무엇을 하든 된장찌개 맛이 나야 하고, 김치찌개는 버터를 넣든 치즈를 넣든 김치찌개다워야 하듯이 말이다. 그래서 요리에 대한 글에 이렇게 정확한 설명이 달리면 신뢰도가 높아진다. 마치 된장찌개의 정확한 맛이 손님을 안정적으로 유지하는 비결이 되듯.

몇 가지 아마추어를 위한 스테이크 잘 굽는 법도 말씀드려 보자. 우선 좋은 고기다. 그게 전부일 수도 있다. 물론 아마추어는 그런 고기로도 망칠 경우는 있다. 그렇다면 곱게 갈아서 다른 용도로 쓸 수도 있으니 낙심은 하지 말 것. 자, 고기를 잘 산다. 등심이든 안심이든 상관없다. 등심은 보통 더 빨리 익는다. 지방 성분이 많기 때문이다. 살 때 스테이크감으로 썰어 달라고 부탁하거나, 그렇게 썰어져 있는 고기를 쇼핑카트에 넣는다면, 스테이크 요리는 이미 시작됐다. 설레는 마음으로 와인이나 한 병 딸 준비를.

사람들이 궁금해하는 점('집에서도 스테이크를 잘 구울 수 있을까? 식당에서 사 먹으면 너무 비싼데……')을 공략하는 것이다. 앞에서는 드라이하게 숙성법을 설명했으니, 이번에는 약간은 재치 있는 글맛을 보여 주려고 노력한다. 재치 있는 센스가 엿보이는 요리가 기억에 남듯이, 유머가 섞인 글은 오래 기억되고 술술 읽히게 된다. 어려운 요리(글)가 쉽게 다가올 수도 있다. 여기에 매우 기술적이고 중요한 서술도 보태면 좋다. 스테이크가 아무리 좋다고 하더라도 접시가 후지면 요리의 격이 떨어지는 것과 마찬가지다. 디테일로 요리(글)의 품질을 높여야 한다. 이렇게 이어진다.

익힐 때는 바비큐를 할 수도 있겠으나, 팬이 제일 좋다. 고르게 안전하게 익힐 수 있기 때문이다. 200그램짜리 스테이크 두 개는 한 프라이팬에 익힐 수 있다. 불을 켜고 중불로 유지하면서 팬에 올리브유나 옥수수유(콩기름도 좋다)를 두른다. 불을 중불에서 센불 사이로 놓고 고기를 올린다. 치익, 칙. 맹렬하게 익는 소리가 나야 한다. 그렇지 않다면 팬이 달궈지지 않은 것이다. 그렇게 1분 정도를 익히고 슬쩍 뒤집어 보면 짙은 갈색으로 잘 익었을 것이다. 즉시 뒤집어서 다른 쪽 면을 익힌다. 이때도 1분 정도 익힌다. 200그램짜리이면서 두께가 1센티미터 내외의 등심이라면 아마 미디엄레어 상태로 익었을 것이다. 굳이 오븐을 켤 필요 없이 즐길 수 있겠다.

오븐 없이 집에서 굽는 법! 손님(독자)들이 가장 궁금해하고 알짜가 되는 정보다. 이런 것은 맨 나중에 몰아서 다 읽고 나면 무언가 얻은 기분이 든다. 요리도 마찬가지다. 디저트로 잘 마감해야 좋은 주요리가 빛난다.

4.

이렇듯 요리와 글은 서로 얼개와 포인트가 조응하는 경향이 있다. 기초를 다지고 좋은 글감을 찾고 그것을 어떻게 맛있게 배치하고 서술할지 능란한 다루기가 필요하다.

그렇지만 두 가지 일을 동시에 하는 내 처지에서 참 힘든 구석도 많다. 일이 끝나면 심야다. 내일 장볼 준비를 해야 한다. 채소와 허브는 아예 시간이 없어서 믿을 만한 업자와 귀농한

농민에게 분산해서 주문을 한다. 주로 해물이 내 담당이다. 새벽에 일어나 지하철 첫차를 탄다. 6시쯤 노량진수산시장에 도착하는데, 장보기에 제일 좋을 때다. 활어를 마지막으로 경매가 대충 끝나 가고 도매상들이 물건을 구매하는 시간대가 얼추 끝나 가기 때문이다. 이때부터 소매점들이 나서는데, 나 같은 요리사들도 꽤 보인다. 주로 일식집 주방장이나 사장이다. 비교적 적은 양도 구매할 수 있고, 물도 물론 최고다. 이 시간을 넘겨 아침에 가면 좋은 물건은 다 빠지고 그저 그런 것들만 남아 있게 마련이다. 촉각을 세워 물건의 질을 판단하고 구매한다. 보기와 달리 요리해 보면 형편없는 것들도 있다. 문어의 경우 보기에는 멀쩡한데 맛이 짜거나 싱거운 놈도 있다. 매일 가는 단골이라고 하더라도 그들에게도 이윤의 문제가 걸려 있는 처지라, 나 같은 소량 구매자에게 최상의 물건을 선뜻 내주지 않는다. 조르고 조르면 마지못해 밑에 깔려 있는 상자를 연다. 아주 좋은 놈들이 숨어 있다!

이렇게 장을 보고 가게에 부려 두면 온전히 내 시간이다. 직원들이 출근하기 전에 몇 자 쓸 수 있다. 그렇지 않으면 마음 편하게 컴퓨터를 열어 볼 시간이 없는 것이다. 글이란 쓰는 것만큼 채워 넣어야 나온다. 마중물을 넣어야 펌프가 작동하는 것처럼 말이다. 책을 읽는 시간은 점심시간 이후, 오후 서너 시가 좋다. 근처 카페에 가서 차 한 잔 시켜 놓고 읽는다. 닥치는 대로 읽는 편인데, 어떤 내용이든 요리에 대한 글을 쓸 때 자양이 된다. 예를 들어 헤밍웨이의 『무기여 잘 있거라』에는 파스타에 대한 얘기가 나온다. 이렇게 함으로써 파스타에 관한 글을 쓸 때 100여 년 전 제1차 세계대전 시기 이탈리아의 파스타 관습을 생생하게 엿볼 수 있게 된다.

이렇게 요리에 관한 글을 쓰지만, 요리와 글이 다른 장르임을 가장 실감할 때가 있다. 요리는 어쨌든 시간이 흐르면 다 '끝'난다. 손님이 먹고 계산하고 문을 닫는다. 그러나 글은 그렇지 않다. 어떻게 해서든 써지지 않으면 몇 년이 가도 열 줄을 못 쓸 수 있다. 일례로 내게는 지금 100장짜리 보충 원고 하나만 쓰면 곧 출판될 수 있는, 요리에 관한 원고가 하나 있다. 하지만 그것이 2년째 한 줄도 나아가지 않고 있다. 출간이 지나치게 미뤄지고 있는 것이다. 원고지 100장 때문에 2년 동안 책이 나오지 못한다는 걸 믿을 수 있겠는가. 그런 점에서 내가 요리사라는 건 참 다행스러운 일일 게다.

하지만 세상의 일은 마치 남극과 북극이 하나의 축 위에 놓여 있듯 서로 다 통한다. 글과 요리는 재료가 있어야 한다는 점, 그리고 탄탄한 기초 위에 머리를 쥐어짜 내는 창의성이 결합되어야 최고가 될 수 있다는 점에서 공통점이 있다. 나는 어쩌면 둘 다 잘 못하는 사람이겠지만, 두 가지 일을 해서 생기는 남다른 행복이 있다. 글을 쓰면서 내가 만든 요리와 삶에 대해 반성한다. 요리는 다 먹어 치워서 사라지지만 글은 활자로 남아 지구와 함께 남을 것이다. 더구나 디지털 시대에 내가 쓴 글들은 퍼 날라지면서 이 무서운 네트워크 구석구석에 흔적을 남긴다. 나는 지금도 쓰고 요리한다. 그것은 숙명처럼 여겨진다. 무엇도 버릴 수 없는 일이다.

나와 요다와 호랑이

임유진

임유진

고백하자면 드라마 보는 걸 책 읽는 것보다 좋아한다. 책 만드는 일을 7년 하고, 이제 X-PLEX에서 이것저것 다용도로 임무 수행 중. 어려서부터 '말하기'에 취약해서 쓰기에 집중했던 것 같다는 사후적 해석을 굳이 갖다 붙이며, 생각은 머리로 하는 게 아니라 손가락으로 한다는 진리를 널리 배포 중에 있는 글쓰기 좋아하는 일반인.

1.

방 안에 앉아 바다에 다녀왔다. 이게 다 호랑이 때문이다.

태평양 바다 한가운데서 227일 동안 살아남은 벵갈 호랑이. 이후 그 호랑이는 멕시코 정글 어딘가로 들어가 살았거나 혹은 살지 않았다. 소설 『파이 이야기』에서 화자는 두 가지 이야기를 들려준다. 그중 하나에는 호랑이와 오랑우탄, 얼룩말, 그리고 하이에나가 등장하고 다른 하나에는 선박에서 함께 조난되어 구명보트를 탄 요리사와 선원과 어머니가 등장한다.

쉽게, 이것은 더 있을 법한 이야기를 선택해서 믿는 문제가 된다. 둘 중 어떤 게 사실인지, 실제로 있었던 일인지를 가늠해 보고 택하는 문제가 된다. 그러나 나는 파이의 이야기를 들으며/읽으며 이미 태평양에서 그와 함께 227일을 보낸 참이다. 부상당한 얼룩말이 결국 하이에나의 공격에 죽어 가는 것을 보았고, 날치 떼의 습격을 받기도 했고, 고작 호루라기 하나로 호랑이를 길들이기도 했다. 예수조차도 참지 못했다는 목마름에 고통받고, 망망한 태평양에 홀로 떨어져 있다는 사실보다 당장 눈앞의 맹수에 더 큰 두려움을 느꼈던 파이. 고통과 두려움의 날들이 지나고 멕시코 만에서 간신히 구조된 그에게 사람들은 그러나 '다른 이야기'를 듣길 원한다. 호랑이와 구명보트에 있었다니 에이…… 그렇게 꾸며 낸 것 같은 말도 안 되는 이야기 말고, 진짜 무슨 일이 있었는지 듣길 원한다. 호랑이와 한배에서 그렇게 생존하는 일이 가능하다고 믿지 않는 사람들 앞에서 파이의 호랑이와의 227일은 사르르 사라진다. 갑자기 이 위대한 생존의 기록이 시시해진다. '에이, 진짜가 아니라 그게 다 꾸며 낸 거였어?' 사실이냐, 그렇지 않느냐의 문제가 아니다. 나는 지금 '세계'가 사라지는 문제에 대해 이야기하고 있다.

2.

거짓말을 하면, 그동안 거짓말을 하지 않았던 세계가 사라진다. 물건을 훔치면, 그동안 내가 그러지 않았던 세계가 사라진다. 이것은 선뜻 이해하기 어렵다. 나는 여전히 지구 남한 어딘가에서 아침에 출근을 하고 저녁이면 퇴근을 하는 직장인이고, 나의 친구도 그대로 나의 부모도 그대로인데? 도대체 뭐가 사라진다는 말인가?

3.

"나에게 책은 잠재성이야."

요다가 말씀하셨다.

"눈에 보이는 것만 중요하면 책은 중요하지 않아."

요다가 또 말씀하셨다.

4.

언제부턴가 나는, 책들이 비정상적으로 많다고 생각했다. 혹은 그것들은 언제나 같은 책으로 보였다. 책 만드는 게 너무 좋은 때가 있었고, 출판은 나에게 일종의 운동(movement)이기도 했고, 내가 핸드폰이나 가방을 만드는 게 아니라, 다른 게 아니고 바로 책을 만들어서 정말 좋다고 생각한 날들이 많았던 건 사실이지만. 정확히 그 시기를 꼽을 순 없지만 아무튼 나는 편집자치고 책을 참 안 좋아하는 사람이 되어 있었고, 출판 따위 시시해 재미없어를 속으로만 외치다가 어느 날은 나도 모르게 입 밖으로 튀어나오기도 했다. 사람들이 책을 읽지 않아서일까? 정말 책들이 시시해서일까? 일이 재미없기 때문일까? 아무도 알아주지 않기 때문일까? 어떤 걸 택하더라도 추가로 열 개가 넘는 부연 설명이 가능했다. 나는 이제 책 같은 게 싫어진 모양이었다. 한때 내게 "원인이자 결과"였던 책이. 내 중요한 시기마다 더 중요한 선택을 하게 해주었던 책이. 추천받은 책을 읽으며 이것을 추천한 이와 친구가 되리라 결심을 하게 만들었던 그 책이. 나의 요다를 만나게 해주었던 책이, 지금도 요다와 일하게 해주고 있는 책이.

"재미없어요. 출판 같은 거."

요다에게 나는 징징대곤 했다.

"하기 싫어요. 책 싫어요."

이게 말이냐 방귀냐 싶은 말을 나는 잘도 요다에게 했다.

그러면 요다는 말씀하셨다.

"나는 죽음을 몰라."

아니요, 책이요, 책 말이에요. 나의 성급한 마음이 말했다.

"가까운 친구의 죽음이나 부모의 죽음을 겪는다고 해도 우리는 죽음을 알 수가 없어. 나도 모르고 너도 몰라. 우리가 아는 건 현실화된 몇 가지 죽음뿐이지. 수많은 것들 중 극히 일부분이야."

참고로 말하면 요다는 스님이라거나 뭐 그런 건 아니다.

"잠재성의 세계에서는 모순과 역설이 가능하고 말도 안 되는 것 같은 모든 게 가능해. 그런데 우리는 말이 된다고 생각하는 몇 개만을 받아들이고 그것만을 믿지. 잠재성을 뚫고 나오면 현실의 세계에 닿을 수 있어. 이때 글쓰기는 하나의 통로 역할을 하지. 인간이기 때문에 우리는 무한한 죽음, 무한한 행복, 무한한 기쁨에 대해서 알고 싶어해. 어떻게 알 수 있을까?"

모… 모르겠는데요.

"보편적인 방법을 통해서야. 나도 할 수 있고 너도 할 수 있는 것은 언어를 사용하는 거야. 세계는 언어로 구조화되었거든. 가장 많은 사람이 가장 보편적으로 할 수 있는 방법은 바로 책과 글을 통해서야."

바로 그때였다. 나는 출판이 새롭게 보였다,

라고 하면 거짓말이지만, '책이 그런 거였어? 그 정도라고?' 화들짝 놀랐다. 그래, 잠재성이란 말이지……. 나의 성급한 마음은 짐짓 깨달음이라도 얻은 듯 고개를 끄덕였지만 사실은 알지 못했다. 무슨 말인지 모르겠어서 갑자기 재밌어졌다. 다만, 인과성이란 시간이나 공간처럼 인식론의 문제라고 생각하느냐, 무언가가 옳은가 혹은 그른가에 대한 판단이 아무런 역할도 못하는 영역이 분명 존재한다고 믿는 나는, 갑자기 나의 세계가 여러 개라는 생각이 들었다. 벵갈 호랑이는 나의 세계에 따라서 존재했다가 전혀 존재하지 않았다가 했다. 다시 한 번 반복하면, 사실이냐 아니냐의 문제가 아니다. 호랑이의 존재를 인식하고 그가 있는 세계/이야기를 통해 내가 느꼈던 감정의 흐름은 진짜니까. 심장이 뛰고 소스라치게 놀라고 가슴이 먹먹해지고 마지막엔 아쉽고 쓸쓸함을 느꼈던 그 감정은 실재한다. 그래서 "진짜 있었던 일이 뭐냐"고 묻는 것은 무의미하다. 가능한 것은 모두 현실화된다, 바로 내 안에서. 지금 나의 가슴을 뛰게 만든 건 바로 단어들, 문장들이다. 바람을 가르며 눈앞을 뛰어다니는 실제 호랑이가 아니었다. 나는 그냥 방에 앉아 종이에 쓰여진 글을 읽었을 뿐이다.

'요다의 말이 이런 뜻이었나?'

통로로서의 글쓰기. 세계를 인식하는 데에는 언어가 필요하다.

'요다의 말이 이런 뜻이 아닌 거 아니야?'

언어가 다가 아닌 것도 같은데 말이지. 내 속에 느껴지는, 이 언어화 이전의 감정과 감각은 뭐란 말인가. 브루노 헬러가

제작한 드라마 「멘탈리스트」에서 부인과 딸의 죽음으로 잠 못 이루는 주인공이 수면제 처방을 받으러 가서 의사에게 이야기를 들려준다. 불우한 유년 시절의 이야기. 내 대신 일을 하던 동생이 전기톱에 다리를 잃었어요. 피를 너무 많이 흘려서 결국 죽고 말았죠. 그러나 그것은 자신의 것이 아니라 가수 조니 캐시의 이야기였다. 이야기를 다 듣고 난 후 의사는 묻는다.

"지금 들려준 이야기는 모두 꾸며 낸 거죠? 당신이 느끼는 고통은 진짜 같은데, 왜 진실을 이야기하지 않죠?"

주인공은 대답한다.

"진실은 나의 것이에요."

고통은 진짜다. 그가 들려준 이야기는 가짜인가? 진실이라는 건 무엇일까? 우리는 세계를, 감정을 어떻게 이해할까? 타인의 마음에 어떻게 가닿을 수 있을까? 그가 잠 못 들고 고통받는 이유가 유년 시절 자신의 잘못으로 동생이 죽었기 때문이라고 말한다 한들, 혹은 실제 있었던 대로 자신의 오만으로 연쇄살인마가 아내와 딸을 죽였기 때문이라고 말한다 한들, 그 고통의 질과 양은 달라지지 않는다. 말, 언어는 무엇을 할 수 있긴 한가?

5.

그러니까 나에게 글은, 세상을 이해하는 수단이었다,

라고 쓰면 멋있었겠지만, 어려서부터 내가 글을 썼던 이유는 다름 아닌 글짓기대회를 강권하는 선생님 때문…… 덕분이었다(라고 하자). 객관적인 자가 판단을 해보건대, 딱히 재능이 있지는 않았지만 어쨌거나 이리저리 단어와 문장을 패치워크하는 12세 소녀가 신통했는지, 선생님들과 아버지는 나에게 글을 쓰게 시키셨다. 그러나 사람이란 아는 만큼 말하고 아는 만큼 쓸 수 있지 않던가. 아는 걸 다 써버린 나는 더 이상 쓸 게 없어서 책을 읽고 신문을 읽었다. 지금은 물론 신문을 읽기에는 인생이 너무 짧은 것 같아서 읽지 않고 있지만 어릴 땐 나름 닥치는 대로 뭐든 읽는 아이였다. 이유인즉슨, 글을 쓰기 위해서였다. 내 안에 잠들어 있던 아이디어들, 단어나 문장들, 주제는, 내가 만나는 다른 문장을 통해 밖으로 끄집어 올려졌다. 나의 말은 남의 말에 의해 건져 올려졌다. 옹알이를 거쳐 '엄마'를 말하고 '아빠'를 말하고 마침내 '밥 줘' 아니 '맘마'를 외치게 되는 우리의 언어 사용 단계와 몹시 유사하게도 처음엔 자신의 생각을 표현하는 일은 더디고 미숙하기 짝이 없다. 미천하거나 불필요한 단어 나열과 불명확한 나의 감정 사이에서 접점을 찾는 일은 쉽지 않더라. 그래서 나는 책을 읽었다. 문장을 음미하거나 뭐 그런 건 아니었다. 주제를 탐구하거나 뭐 그런 것도 아니었다. 파란만장한 인생사를 통해서 삶의 의미를 발견하거나 한을 표출하는 예술적 경지 같은 게 없었으므로 그저 읽을 뿐. 그저 그런 학교에서 이래도 그만 저래도 그만인 느낌으로 생활을 하다 보니 느낄 수 있는 폭도 획득되는 경험치도 적었다.

폐지 줍는 노인을 지나칠 때 마음 한구석이 저릿했지만, 나는 그게 어떤 느낌인지 말하지 못했다. 술에 취해 누워 있는 노숙자들을 보면 심장이 쿵쾅거렸지만, 나는 그 느낌을 나의 언어로 표현하지 못했다. 나에게는 경험이 부족했는데, 그 경험이란 인생에서의 경험뿐만이 아니라 언어 경험까지를 포함하는 것이었다. 내가 써본 적 없는 말이라면, 나는 그걸 인식할 수도 느낄 수도 없었다. 나에게는 불명료한 감정을 표현할 언어가 없었다. 도구가 없어서 끄집어내지지 못한 나의 감정은 다시 잠재의식 어딘가로 가라앉아 한참을 떠오르지 않았다는 슬픈 이야기…….

그래서 나는 글을 썼다……는 말은 아니다. 나는 글을 쓰지 않았다. 나는 글을 읽는 사람이지, 쓰는 사람이 아니라고 생각했다. 그 생각은 나중에 출판사에 들어가서 책을 만드는 일을 하면서도 한동안 벗어 버리지 못한 것이었다. 어떻게 보면 본의 아니게 항상 글 속에 있었던 삶인데, 언어와의 관계에서 나는 늘 수동적인 입장이었다. 주어진 걸 읽을 뿐, 혹은 만들 뿐.

6.

대학에 간 패치워크 소녀, 그러니까 나는 정신을 차리고 보니 책을 만들고 있었다. 교지라는 것이었는데, 수업시간 교재도 간신히 읽(거나 안 읽)는 학생들이 많았던 터라 만 권에 가깝게 찍어 내어진 책들은 도서관 앞에서, 강의실 밖에서 외롭게 자기를 들고 가 읽어 줄 사람들을 하염없이 기다리는 날이 많았다. 읽히기보다는 냄비 받침으로 쓰이는 경우가 많았고, 비가 오면 학생들에게 우산이 되어 주기도 했다. 어여쁜 치마를 입고 온 여학생들에게는 기꺼이 벤치와 옷감 사이에서 방석이 되어 주고 있는 책들을 보면서 만(萬)감, 까지는 아니어도 백감 정도는 교차했던 것 같다. 사실 교지란 게 그리 대단할 건 없다. 소름 끼치게 좋은 글들의 보고(寶庫)도 아니거니와 읽는 사람을 전율하게 하지도 않는다. 학교에서는 늘 자기네 욕을 한다고 싫어했고, 학생들은 취업 정보가 없다며 툴툴거렸다. 이렇게 적고 보니 더 궁금해진다. 4년을 바쳐 거의 아무도 읽지 않는 책을 만드는 것은 어떻게 가능했을까. 도대체 왜 나는 굳이 글을 쓰고 책을 만들었을까. 이유를 떠올려 보려 했으나, 도무지 떠오르지 않는다. 떠오르더라도 지금 당장은 그것을 묘사할 언어가 없다. 노파심에 밝히자면 거기에 좋아하는 옵빠가 있었다거나 뭐 그런 건 아니다.

그렇게 또 10여 년이 지난 어느 날, 나는 카페에서 요다의 말을 듣게 된다.

"우리가 인식하는 현실 이면에는, 어떤 흐름이 있어. 생각이, 글들이 나타났다가 다시 그 흐름으로 들어가고 사라지는 듯하지."

나는 강물을 떠올렸다가, 다시 매트릭스의 어떤 시스템 너머의 장면, 검은 바탕에 초록 글자들의 흐름 비슷한 것을 떠올렸다.

“글이라는 건, 책이라는 건 인간에 대한 신뢰가 전제가 되는 거야. 누가 읽을지 모르지만 언젠가, 십 년 후, 백 년 후에 누군가가 봐줄 거라는 믿음이 필요해. 조각조각 사라진 줄 알았던 기억들, 생각들은 어느 날 흐름에서 건져져 나를 통해 표현되고, 누가 이걸 읽을까 하는 글들을 읽고 감동받고 영향받는 사람들이 있어.”

오, 요다.

“무한한 세계는 너무 커서, 이해하기 힘들지. 혼자라면 안 되지만 언어를 쓰는 인류가 함께라면, 우리는 할 수 있어.”

토토, 아니 요다. 저는 더 이상 캔자스에 있는 것 같지 않아요…….

책은 만들어지고, 혹은 글은 쓰여지고서 사람들을 기다리고 있었다. 자신을 읽어 줄 사람을, 자신을 받아들여 줄 사람을. 표면의 차원에서는 모르지만 저기 저 아래에서는 끊임없이 흐르고 움직이고 부유하는 생각들, 글들, 말들이 자신들을 만져주고, 들어주고, 읽어 주길 기다리고 있다. 바로 이런 마음으로, 사람들이 언젠가는 나의 글을 읽어 줄 것이라는 믿음으로, 어떤 가능성에 대한 신뢰가 있었기에 부지런히 저는 책을 만들었습니다,

라는 말은 할 수 없다. 물론 그렇지 않았다. 출판사에 취직을 해서 책을 만들 적에도 마찬가지였다. 아니 취미로 해도 좋

은 일을 돈까지 받고 하다니! 책을 만드는 건 즐거웠다. 좋은 내용이 글자로 새겨지고, 그걸 사람들이 읽고 나처럼 좋아할 것을 생각하니 어쩐지 두근거리는 것도 같고 기대도 되고 그랬다. 내가 좋으면 사람들도 좋아 읽어 줄 거라고 믿었다. 다만 그 만남이 계속 어긋나고 있는 것뿐이라고, 좀처럼 기회가 생기지 않는 것뿐이라고, 출판사에 다니는 임 모 씨는 하늘을 올려다보며 슬쩍 눈물을 훔쳤다나 뭐라나.

'아무래도 이래선 아니되겠다.' 아무리 독자와 책과의 만남을 숨죽이며 기다리는 나였지마는, 문이 열리면 너였다가, 너일 것이다가…… 하는 속 타는 기다림으로 앉아만 있기에는 미팅 성사가 드물어도 너무 드물었기에, 4년 동안 거의 아무도 읽지 않는 책을 만들었던 트라우마를 마침내 극뽀~옥하고 책 팔이에 나서는 임 모 씨였다. 그렇게 나는 글을 쓰기 시작했다. 섬세한 내면 묘사, 의식의 흐름을 아름답게 그려 낸 수작! 같은 걸 썼으면 오죽 좋았겠냐만서도, 나는 일종의 세일즈로서 글을 썼다. '여러분 이 책을 읽으십시오!', '일단 한번 읽어 봐!'

어떻게 보면 나의 행위는 상품을 파는 행위로만 보일 수도 있다. 수익을 내기 위해, 당신의 지갑에서 돈을 꺼내 이 책의 구매를 유도하는 행위로만 보일 수 있다. 이 자리에서 나의 순수한 의도나 마음을 어필할 생각은 없지만, 굳이 자리가 마련되었으니 이 말만은 꼭 하고 싶다. 나는 내가 만드는 책들이 담고 있는 그 세계, 혹은 책이라는 그 세계 자체가 참 좋았고, 나의 세계와 그 세계가 만나 일으키는 화학작용을 실감했다. 놀라운 경험이었지만 나만 아는 경험이기도 했다. 오직 나와 반응하는 단어와 메시지들이 있었고, 또, 다른 이와만 반응하는 단어와 메시지들이 있었다. 책은 소우주였다. 생각과 말들이 우주를 지탱했다. 우리 소우주는 책이라는 소우주를 만나 부딪치고 달라지고 확장되곤 했다. 리어 왕과 함께 휘몰아치는 태풍을 맞고, 베르테르와 함께 찌질함으로 몸서리친다. 셰익스피어의 세계와 괴테의 세계와, 시간과 공간을 초월해서 만나고 그들을 나의 세계로 기꺼이 영접한다. 기껏 글자들인데, 책일 뿐인데 그것을 읽은 후 나의 세계는 또 한 겹 달라져 있다. 친구를 보는 나, 나를 보는 나는 이미 전과 다른 사람이다. 단순히 감동받았다, 좋았다, 재밌다, 슬프다는 독후감이 아니라 시야가 달라지고 사고가 달라지는 전체적인 경험이다. 어떤 비밀한 조각을 들여다본 기분이다. 어떻게 이걸 전할 수 있을까? 그림을 그리지 못하고 비디오워크를 할 수 없어서 나는 글로 썼다. 책의 상품성을 부정하는 건 아니다. 명백히 그 뒷면에 바코드와 정가가 떡하니 붙어 있는걸. 그러나 내가 책을 알리고 싶어서 글을 쓰거나 인터뷰를 하거나 잡지를 만들거나 했던 건, 단순히 책을 많이 팔(기만 하)자고 저지른(?) 일은 결코 아니었음을 밝히고 싶다. 구슬이 서 말이어도 꿰어야 보배라는 초등학교 국어 시간의 가르침을 직업적 수준에서 구현하고 싶었던바, 사람들이 내가 만든 좋은 책을 읽고 어떤 식으로든 영향을 받았으면 했던 내 간절한 마음의 표현이었을 따름이다.

세계는 견고한 대상이 아니고 다층적이고 다양한, 대체로 복잡한 과정들로 구성된다. 그렇게 복잡하게 구성되고 있는 현재진행형으로서의 나의 세계는 전혀 다른 세계를 만나면서 다변한다. 이것은 눈에 보이는 것들에 대한 이야기가 아니다. 앞서 세계가 사라지는 이야기를 했다. 있을 법하지 않으므로, 혹은 사실이 아닐 것이므로 벵갈 호랑이를 믿지 않는 사람들에게, 태평양에서의 파이와 호랑이와의 227일은 없는 세계다. 파이는 사람들에게 물었다.

"단순한 것도 못 믿는다면, 왜 살아가고 있죠? 사랑이라는 건 믿기 힘들지 않나요?"

7.

바야흐로 믿음이 필요하다. 인식하는 데 저마다의 방법론이 있고 표현하는 데 각자의 방법론이 있음을 믿어야 한다. 나의 방식과 세계가 너의 그것과 만날 때 나는 이해받을 수 있을 것이라는 믿음이 필요하다.

책은 민주적이다. 누구나 읽을 수 있고 자신의 방식대로 자신의 시선으로 해석할 수 있다. 백 명에게 백 가지 읽기가 가능하다. 아흔아홉번째 사람이 읽은 해석이 백번째 사람이 읽은 방식보다 훌륭하다거나 더 맞다거나 하는, 그런 건 없다. 다만 쓰는 사람이 자신의 입장에서 서술했던 것처럼 읽는 사람은 자신의 입장에서 읽을 뿐이다. 그렇기 때문에 더더욱 믿음이 중요해진다.

책 하나로 만들어지는 백 개의 세계가 있다. 그 백 개의 세계가 하나의 세계와 다르지 않을지라도, 그 세계의 가능성을 우리는 믿어야 한다.

"잠재성은 내 것이기도 하고 네 것이기도 한 그런 세계지. 만인을 위한, 그러나 누구를 위한 것도 아닌 세계……."

요다의 말이 귓가에 웅웅거린다.

8.

우울하거나 소위 스트레스를 받을 때면 사람들은 머리를 새로 하거나 쇼핑을 한다. 기분 전환을 도모한다. 이유를 따져 보면 이 행위들을 통해 비로소 자기에게 집중할 수 있기 때문이다. 내가 나를 신경 쓰고 보살피고 있다는 느낌을 받는다. 그 순간만큼은 다른 게 사라질 것이다. 나 역시 머리 모양을 자주 바꾸고 쇼핑을 하던 시절이 있었는데, 그 당시 미용실 아저씨는 나의 잦은 헤어스타일 변경에 "쌍꺼풀이 없어서 그래, 수술을 해"라는 색다른 조언을 해주셨지만 아무튼 요는 그게 아니고, 나를 보살피고 배려하는 일은 인생에서 중대한 일이다. 오직 스스로를 완성하는 일만이 중요할 수 있다. 아니, 어쩌면 우리에게 가능한 일로 주어진 유일한 일일지도 모른다. 그도 그럴 것이 우리는 물리적으로 우리 각자의 삶밖에는 살 수가 없지 않던가.

자기 삶의 질문들을 만들어 나가는 것, 자기를 나름의 방식으로 완성시켜 나가는 것으로 글을 쓰고 책을 남긴 사람들을 안다. 우리가 아는 많은 이름들이 그렇다. 니체가, 스탕달이, 톨스토이가 그러했고 그 말고도 고전이라 이름 붙여진 저 위대한 작가들이 그렇다. 그리고, 우리가 이름을 모르는, 사실은 아는 사람보다 그 수가 더 많을 사람들이 또한 있다. 그들은 이미 오래전에 죽었지만 2000년대의 우리는 여전히 그들이 남긴 글을 읽고 다분히 현재적으로 감정을 느낀다. 이런 생각을 할 수 있다니, 이런 글을 쓸 수 있다니, 나는 왜 못하지! 좌절하기도 하고 부러워하기도 한다. 이에 요다는 말씀하셨다.

"바로 그렇게, 인간은 죽음도 초월할 수 있는 거야."

그렇게 치면 책을 만드는 나는 꽤 대단한 일을 하고 있다는 생각이 들었다(아까 시시하다고 했던 말, 취… 취소). 세계와 세계를 연결하고 있는 것이려나. 영매(medium)와 다를 것 없다. 시간과 공간을 넘나들며 이것과 저것을 연결하고 소통시킨다(고 믿고 싶다). 나는 죽는다. 그러나 만약 백 년 후 이백 년 후 누군가 내가 남긴 글 — 그게 일기장 쪽글이 되었건, 웹상에 파편으로 남아 있는 글이 되었건, 아니면 하나의 책의 형태가 되었건 — 을 읽을 것을 한번 상상해 보자.

"와, 이거 봐. 예전에 서울이라고 남한의 수도에서 살았던 사람이 쓴 거야. 그때는 이런 단어들을 썼네."

대단한 잠언들을 남기지 않더라도 그냥 나의 생각과 문장들을 남기는 것만으로 나는 죽음을 초월하여 저기 저 의식 아래 어딘가에서 살아 있다가, 내가 남긴 조각을 집어드는 누군가로 인해, 야무지게도 불멸을 꿈꿀지도 모를 노릇이다.

뭐든 다 책으로 수렴되는 이 결론이 불편할 사람이 있을지 모르겠다. 그러나 "여러분도 문이라는 한마디 말이 실제로 걸어서 통과될 수 있는 것이라고 믿게 된다면, 그래서 나처럼 그 문을 지나 계속 나아갈 수 있다면, 세상 그 어떤 것도 다 받아들일 수 있을지 모른다"(제니퍼 이건, 『킵』, 최세희 옮김, 문학동네, 2011, 163쪽).

각자가 위치한 곳에서 저마다의 방식으로 투쟁하며 살고 있다. 나는 지금 발버둥을 치면서 나를 채워 온 행위들과 내가 해온 일들을, 온 힘을 다해 나 스스로에게 설명시키고 있는 참이다. 물론 설명은 불가능하지만, 이런 불충을 견뎌 내게 하는 건 눈에 보이고 손에 잡히는 무엇이라기보다는 형이상학적 힘이다.

9.

"내가 책 만드는 일을 해서 참 다행이야."

요다가 말씀하셨다.

그 요다는 당신이 읽을, 혹은 읽지 않을 이 글과 이 책이 나온 출판사를 만들었고, 역시 어느 날 저녁 카페에 앉아 이렇게 말씀하셨다.

"누군가는 이만큼 볼 수 있고, 또 다른 누군가는 전혀 다른 무언가를 저만큼 볼 수 있어. 서로 볼 수 있는 것이 있고 볼 수 없는 것이 있어. 타인과 손을 잡으면 내가 못 보던 걸 볼 수 있지. 잠재성은 현실과 무관한 게 아니야."

꾸며 낸 말 같겠지만 이것은 어디까지나 실제 대화의 인용이다. 호랑이도 요다도 하나같이 굉장히 현실적이다. 책은 말할 것도 없고.

"내가 책을 좋아했던 이유가, 필요하다고 생각했던 이유가 바로 이게 아니었을까 싶어. 그땐 뭔지 몰랐었지만 막연히 나는 그 이유를 알고 있었던 거야."

답을 찾은 요다의 눈이 빛났다.

10.

행복이란 것은 다소 과대평가된 말이긴 하지만, 아무튼 행복하기 위해서 나는 어쩌면 다른 세계가 필요했는지 모르겠다. 무림 고수가 되는 세계, 키다리 아저씨를 기다리는 세계, 토끼굴로 떨어져 온갖 새로운 캐릭터들을 만나게 되는 세계……. 지금, 여기에서의 생을 부정하거나 그것이 불만족스럽다는 말은 아니다. 다만, 가능한 한 더 두텁고 다양하고 재미있게 나의 생을 보내기 위하여 나는 다른 세계가 필요했다. 니체가 주사위를 굴리며 "다시 한 번?"이라고 물어 온다고 해도 기꺼이 "콜!"

을 외칠 수 있기 위하여. 나는 책을 만들기 전에도 책을 읽었고, 책을 만드는 지금도 책을 읽는다. 나에게 책을 만드는 것과 글을 쓰는 것은 크게 다른 행위가 아니고 그저 "콜"을 외칠 수 있기 위함이다.

요다만큼은 아니어도, 내가 책을 만드는 사람이어서 좋은 순간이 많다. 그 순간들이 조금씩 늘어나기를 바라는 마음으로 이 글을 쓴다.

부록 책 읽기에 대하여 : 좋은 책은 언제나 '더'라고 말한다

이만교

1.

<글쓰기 공작소>를 처음 수강하는 신입생의 경우, 평균 독서량이 적게는 백 권에서 많게는 천 권 사이를 오간다. 초보 습작생의 경우 평균 삼사백 권쯤이고, 습작 경험이 있는 학생들은 평균 칠팔백 권쯤 된다. 글쓰기에 관심 있는 학생들 독서량치고는 많지 않은 편이다.

더욱 큰 문제는 이러한 독서량이 아무 의미 없는 수치라는 사실이다. 백 권을 읽었든 천 권을 읽었든 대부분의 수강생들이 자신이 읽은 책과 만난 게 아니라, 다만 책을 소비한 것에 불과했다. 일반 독자들 또한 마찬가지일 것이다. 내 경험으로 보건대, 독서하는 사람 중에 열에 아홉이, 책을 만나는 게 아니라, 다만 소비하는 것에 불과하다.

책을 만나는 것과 책을 소비하는 것은 전혀 다르다. 책은 단 한 권만 만나도 엄청난 자기 변화를 꾀할 수 있지만, 책을 몇 천 권 소비해도 아무런 변화도 일어나지 않을 수 있다. 오히려 자기 고집만 공고해질 수도 있다.

2.

책을 만나는 것과 소비하는 것은 어떻게 다른가? 내게 있어 책을 만나는 것은, 저자의 문장을 받아들이는 것이다. 책이란 문장으로 이루어져 있기 때문이다. 책을 소비하는 것은 다만 책을 다 읽었을 뿐, 문장은 기억하지 못하는 것이다.

대부분의 독자들이 책을 읽지만, 문장을 기억하진 못한다. 문장은 하나도 기억 못하면서, 책장을 덮고 나면 "아, 재미있게 감동적으로 잘 읽었어!"라고 말한다. 저자는 몇백 쪽 분량으로 말했는데, 독자는 다 읽고 나서 고작 한두 줄로 뭉뚱그려 덮어 버린다. 그리고 저자의 약력이나 출신, 판매 부수 따위나 기억한다.

이렇게 읽으면, 만 권을 읽어 봐야 무용지물이다. 책과 만나려면 문장으로 기억해야 한다. 책은 다만 길게 이어 놓은 문장들이기 때문이다. 나머지 정보들—저자의 나이나 출신, 학벌, 판매 부수 등—은 모두 문장과는 무관한 가십거리에 지나지 않는다.

3.

책을 기억할 때는 문장으로 기억해야 하고, 문장을 기억하려면 저자 자신의 단어와 문장 그대로 기억해야 한다. 아 다르고 어 다르기 때문에, 저자가 사용한 단어와 문장을 버리고 자신이 평소 사용하는 단어와 문장으로 말해 버리는 순간, 그것은 저자의 의견이 아니라, 자신의 의견일 뿐이다.

가령 작가는 슬픔을 다음과 같이, 꽤 다양한 방식으로 표현할 수 있다. ① 슬퍼서 울었다. ② 슬퍼서 술을 마셨다. ③ 슬퍼서 웃음이 났다. ④ 슬퍼서 혼자 가만히 노래를 흥얼거렸다. ⑤ 슬퍼서 결심했다 등등. 모두 다 슬픔을 느꼈다고 말하고 있지만, 다섯 예문 모두 전혀 다른 반응을 서술하고 있다. 우는가 하면, 술을 마시고, 또 반대로 웃기도 한다.

이러한 차이를 무시하고 다만 "주인공이 슬펐대!"라고만 기억하면 저 엄청난 차이들이 몽땅 증발해 버리고 만다. 그런데 적잖은 독자들이 이런 식으로 책을 기억한다. 가령 "네가 재밌게 읽었다는 그 소설은 어떤 내용이야?"라고 물어보면, "인간의 소외를 다루고 있어", "슬픈 사랑 이야기야" 식의 이현령비현령 같은 문장 몇 개로 뭉뚱그리고 만다. 세상에, 현대인을 다룬 소설치고 소외 문제를 다루지 않은 소설이 몇이나 되고, 사랑 이야기치고 슬프지 않은 사랑 이야기가 몇이나 될까.

4.

한번은 니체의 『차라투스트라는 이렇게 말했다』를 여러 번역본을 비교해 가며 공부한 적이 있다. 그런데 번역자가 사용한 어휘나 문장구조가 조금씩 달랐다. 그래서 전혀 다른 의미나 뉘앙스로 읽혔다. 가령 어떤 번역에서는 "나는 평야를 싫어하지"라고 되어 있었다. 그러나 다른 번역본에서는 "나는 평지를 도무지 좋아하지 않는다"라고 되어 있었다.

두 문장은 얼핏 비슷하지만 전혀 다른 뉘앙스를 풍긴다. 첫 번째 문장은 말 그대로 차라투스트라가 평야를 싫어한다는 뜻으로 읽히면서, '너는 평야를 왜 싫어하지?' 하는 의문이 든다. 그런데 읽어 보면 평야라기보다 평지, 그것도 물리적 평지가 아니라 굴곡 없는 평탄한 삶에 대한 은유로서의 평지라는 걸 알 수 있다. 그렇다면 '평야'라는 단어 선택은 아무래도 부적절하다. 그런데 이런 오역이 너무 잦아서 번역본을 잘못 선택했다가는 완독이 불가능할 지경이었다.

이러한 문제는 번역자의 해설 부분에서 더욱 심각하게 드러났다. 어떤 번역가는 "초인이란, 긍정의 의지와 권력의 힘을 소유한 자를 말한다"라고 친절하게 해설문을 달아 놓았다. 그러나 이게 과연 정확한 설명일까. "긍정의 의지와 권력의 힘을 소유한 자"라니? 니체가 말하는 "의지"나 "권력"은 일반적인 단어 뜻과는 많이 다르다. 더구나 뭔가를 "소유한 자"가 초인이라니? 니체가 표현하고자 한 초인의 모습과는 매우 다른 표현이다. 실제로 여러 곳에서 니체가 초인에 대해 설명하고 있지만, 어디를 읽어 봐도 이러한 문장 표현을 사용한 부분은 없다. 니체가 왜 이렇게 표현하지 않았겠는가. 아마도 자신이 말하는 초인은 이런 초인이 아니기 때문일 것이다.

그런데 번역한 해설자조차 이렇게 곧바로 자기 식으로 왜곡한 문장 표현을 사용하여 초인에 대해 설명을 하고 있었다.

초인을 이렇게 정의해 버리면, 이 책을 아예 읽지 않느니만 못하지 않을까.

5.

이번에는 모파상의 「목걸이」라는 단편을 보자. 워낙 유명한 고전이어서 대부분 이 작품을 읽어들 보았을 것이다. 대부분의 수강생들 또한 자신이 이 작품을 읽었고, 그래서 잘 알고 있다고 생각한다. 실제로 "여주인공이 어떤 사람인가요?"라고 물어보면 주인공 이름이 "마틸드"이고, "목걸이를 잃어버린 여자" 혹은 "허영심이 많아 모조 목걸이를 빌렸다 고생한 한심한 여자"라고 대답한다.

그러나 이 정도 대답이 전부다. 다른 기억은 하나도 떠올리지 못한다. 텍스트를 읽어 보면, 여주인공은 그다지 어리석거나 한심한 여자가 아니다. 일면 적잖은 매력을 지닌, 어떤 면에서 보면 나름 매우 매력적인 여자다. 무엇보다 그녀는 결코 한두 줄로 요약될 수 있는 여자가 아니다. 만약 그녀가 "허영심 많은", "한심한" 등의 표현 한두 개로 요약될 여자였다면, 모파상 역시 한두 줄 이상을 사용하지 않았을 것이다.

작가 모파상은 여주인공에 대해 직접적으로 설명하는 데만 원고지 10매 이상의 분량을 할애하여 무려 열다섯 가지 이상의 특징을 서술하고 있다. 물론 독자가 이러한 특성을 모두 기억할 의무는 없다. 그러나 적어도 이렇게 다층적 서술이 이루어져 있다는 것 정도는 기억해야 한다.

하지만 대부분의 독자들은 작가가 제시한 열다섯 가지의 특성 중에서 한두 가지나 겨우 기억할 뿐이다. 이 한두 가지 특성이나마 작가가 사용한 어휘나 문장으로 기억하는 게 아니라, 자신이 평소 사용하는, 그러나 의미가 조금 다른 어휘나 문장으로 대체시켜 기억한다.

이렇다 보니, 대부분의 독자가 책을 읽어도 책과 제대로 만난 게 아니다. 책을 읽고, 자기 식으로 변형 왜곡시켜 놓고 있는 꼴이 된다. 심지어 이런 문제를 충분히 지적한 다음, 다음 수업시간에 다시 텍스트에 대해 질문을 해봐도, 여전히 텍스트에서 사용되지 않는 단어와 문장으로 대답들을 하기 일쑤다.

6.

책을 눈으로만 읽으면 오독을 피할 수가 없다. 우리의 두뇌는 그렇게 치밀한 기억력을 갖고 있지 않다. 방금 읽은 문장 하나도 정확하게 기억하지 못한다. 결국 문장 그대로 기억하기 위해서는 밑줄과 표시를 해두지 않으면 안 된다. 가령 다음 문장은 데카르트가 『방법서설』에서 자기 자신에 대해 언급한 부분이다.

일반적으로 사람들이 나를 실상 이상으로 보는 것을 절대로 바라지 않을 만큼은 선량한 마음을 가지고 있었고, 때문에 나는 전력을 다하여 일반적으로 나에게 주어진 명성에 합당한 자가 되려고 노력하지 않으면 안 된다고 생각했다. (르네 데카르트, 『방법서설/성찰/정념론 외』, 김형효 옮김, 삼성출판사, 1990, 71쪽)

하나의 문장이지만, 만만치 않은 분량과 구조를 갖춘 문장이다. 서른 개 이상의 단어와 일곱 개 이상의 구문이 섞여서 매우 정밀한 대구를 이루고 있는 치밀한 복합문이다. 이와 같은 설명이 참인지 거짓인지 우리는 확신할 수 없지만, 이 문장 하나만으로도 데카르트가 매우 치밀하며, 매우 까다로울 정도로 엄격한 언어 표현력을 갖춘 사람이라는 것만은 선명하게 느낄 수 있다. 그렇지만 또 행여, 위 문장을 읽고 데카르트는 매우 까다로운 사람이야 혹은 데카르트는 매우 치밀한 사람이야, 하고 단정한다면 이것 역시 오독일 뿐이다.

우리는 가급적 위의 문장 그대로 기억해야 한다. 다시 말해 "데카르트라는 사람은, '일반적으로 사람들이 나를 실상 이상으로 보는 것을 절대로 바라지 않을 만큼은 선량한 마음을 가지고 있었고, 때문에 나는 전력을 다하여 일반적으로 나에게 주어진 명성에 합당한 자가 되려고 노력하지 않으면 안 된다고 생각했다'라고 말한 사람이야"라고 말해야만 가장 정확하다.

물론 이렇게 정확한 기억은 거의 불가능하다. 따라서 좋은 문장이 나오면 밑줄을 그어 두었다가, 다시 재독해 보는 것이

제일 좋다. 특히 누군가에게 소개하거나 말할 때는 문장 그대로 인용해야 한다. 굳이 이렇게까지 작가의 문장 그대로 기억할 필요가 있을까요, 하고 반문할 수도 있다. 그러나 그렇게 해야 한다. 왜냐하면, 이렇게 해야만 내가 평소 사용하지 않는 어휘, 평소 사용하지 않던 구문이 나의 뇌 속으로 들어와서 나의 관습적 생각과 통념적 사고에 일정한 자극과 변화를 가해 주기 때문이다.

6.

책과의 만남은 저자의 문장과 자신의 문장을 복창하듯 일치시키는 것에서부터 비로소 가능해진다. 우리가 대화를 나눌 때, 상대방 입장이 되어 보는 가장 빠르고 좋은 방법은, 마치 거울처럼 따라하는 미러링 기법을 활용하는 것이다. 그 사람이 하는 말을 토씨 하나 틀리지 않고, 억양과 악센트와 표정과 동작까지 그대로 반복해 보는 것이다. 이 미러링 기법은 말하기-듣기에서 상대방 말을 경청하는 가장 좋은 자세 중에 하나다.

독서 역시 마찬가지다. 정독(精讀)이란, 이러한 미러링 일치와도 같다. 조금의 변형도 없이 저자 문장을 그대로 읽어야 한다. 밑줄을 그었다가 다시 들여다보는 한이 있더라도, 저자가 사용한 단어와 문장 그대로 읽어야 한다.

이렇게 읽는 순간 우리의 정신 상태는 글을 쓰던 순간의 저자와 동일한 정신 상태가 된다. 보르헤스의 표현을 빌리면, "셰익스피어를 읽을 때 나는 셰익스피어다". 이렇게 미러링 기법처럼 읽어야만, 셰익스피어의 문장을 읽는 순간의 나는, 그 문장을 쓰던 순간의 셰익스피어와 조금도 다르지 않게 된다.

이렇게 읽어서 지금까지 내가 관습적으로 사용해 온 어휘, 문법, 사유 등에 강한 충격과 변화를 일으켜야 한다. 그렇게 되면 그 책의 마지막 페이지를 닫을 때쯤 되면, 어느새 첫 페이지를 열어 볼 때와는 다른 사람이 되어 있을 수 있다.

좋은 여행과 마찬가지로, 좋은 독서란, 나를 그 책을 읽기 전과는 다른 사람으로 만들어 놓는 일이다. 심지어 그 책의 저자와 같은 마음으로 세상을 바라보게 만든다. 독서란 이러한 순례이다. 얼마나 신비로운가. 아무런 시간의 구애 없이, 수백 년 전의, 혹은 몇천 년 전의, 자신의 생각이 너무나 간절하고 소중해서 활자로 새겨 놓을 수밖에 없던 어느 아름다운 영혼을 가감 없이 만나 그 마음이 되어 본다는 것은, 얼마나 경이로운 일인가.

좋은 독서는, 인종이나 나이나 시간대 따위를 자유로이 넘나들며 인류의 빛나는 영혼들의 생각과 똑같은 생각에 독자를 잠기게 만드는 일이다.

7.

특히 글쓰기를 하려는 사람은 책 읽기를 제대로 해야 한다. 글쓰기는 경험으로 하는 게 아니라 문장으로 하는 것이다. 좋은 글쟁이는 평범한 경험을 회고해도 특별한 문장 표현을 사용하지만, 일반인들은 특별한 경험을 해도 상투적인 표현을 사용한다. 문장 표현이 좋으면, 사소한 일상을 소재로 해도 빼어난 글이 나올 수 있다.

가령 특별한 여행을 다녀와도, 다녀와서 하는 말이 서로 똑같다. 몽골을 다녀오든, 아프리카를 다녀오든, 지리산을 다녀오든 똑같이 말한다. "거기 되게 좋아!", "거기 진짜 멋있어!" 그러나 이런 표현은 집 근처 공원에 다녀와서도 할 수 있는 표현이다. 이것은 마치 나비를 보고도 "곤충이다!"라고 말하고, 나방을 보고도 "곤충이다!"라고 말하는 것과 다를 바 없다.

경험이 아무리 특별해도, 표현이 상투적이면 결국 상투적인 경험이 되어 버린다. 반면에 평범한 일상이더라도 특별한 시각으로 바라보면 특별한 글이 된다. 가령 어떤 시인은 "겨울이 되어 눈이 내린다"라고 말하지 않고, "생각난 듯이 눈이 내렸다"라고 표현했다. 또 어떤 시인은 "바람이 심하게 불어 나무들이 흔들렸다"라고 하지 않고, "잎들이 산을 흔든다"라고 표현했다.

표현의 변화 없이 인식의 변화는 불가능하다. 혹은 인식의 변화는 반드시 표현을 변화시킨다. 좋은 책의 문장 표현 하나하나는 마치 선배 춤꾼이 선보이는 동작 하나하나와 같다. 뛰어난 춤꾼이 되려면 그러한 선배들의 동작 하나하나를 일단은 그대로 따라 해봐야 한다. 일반 관객이라면 그냥 객석에 앉아 구경해도 되지만, 춤을 배우는 수련생이라면 적어도 한 동작 한 동작 따라 해보는 마음으로 구경해야 한다.

그런데 글쓰기를 꿈꾸는 사람이 책 한 권을 다 읽고 나서 고작 몇 문장으로 그 책을 기억한다면, 그것도 그 책에는 없던 문장으로 기억한다면, 어떻게 스스로 새로운 문장을 만들어 내겠는가. 이렇게 독서를 하니, 백 권을 더 읽고, 천 권을 더 읽어도, 아무 소용이 없다. 나는 책을 좀 읽었지 하는 헛된 자부심만이 늘어날 뿐이다.

8.

결국 책을 읽을 때는 좋은 문장, 좋은 단락마다 반드시 표시해 둬야 한다. 아무런 표시도 하지 않고 책을 읽는 것은 결코 책을 읽는 게 아니라 소비하는 짓에 불과하다. 밑줄과 표시를 해두고, 소리 내어 낭송해 보거나 따라서 써보기까지 해야 한다.

단어를 선택하고 문장을 고르는 일은 매우 민감한 두뇌 활동이어서 이러한 정치한 훈련 없이는, 자신의 나이만큼 굳어져 있는 자신의 한심한 언어 습관을 교정할 수 없다.

요즘은 신입생들을 대상으로 <책 읽기 공작소>라고 하는 수업을 따로 진행하고 있다. 문장을 놓치고 책 읽기를 소비해 온 일반 독자들의 책 읽는 습관을 교정하기 위한 강의다. 내가 읽어 본 소설 중에서 가장 빼어나다 싶은 중단편 중심의 명작들을 주인공의 나이 순서로 추려서 대략 200여 편 정도 다루고 있다.

적잖은 독자들이 글을 읽고 나면 짧은 한두 문장으로 내용을 압축하려고 든다. 소위 핵심 내용이나 주제만 찾아서 기억하려고 하는데, 이러한 독법은 반드시 오독을 불러일으킨다. 가령 다음 문장들을 비교해 보라. ⓐ와 ⓑ를 동일한 내용으로 볼 수 있을까.

ⓐ 그는 올 것이다.

ⓑ 그는 올 것이다. 오겠다고 약속했으니 그는 올 것이다. 하지만 그의 마음까지 돌아오진 않을 것이다. 그럼에도 다만 그가 이 자리에 참석해 주는 것만으로도 나는 고마웠다.

ⓐ 그는 아이들을 사랑했다.

ⓑ 그는 아이들을 사랑했다. 아이들과 시간을 함께하려고 애썼고 종종 깜짝 선물도 가져왔다. 하지만 그의 표현 방식은 언제나 고압적인 가장의 모습이어서 대화를 주고받기보다 자신이 일방적으로 훈계하는 식이었다. 아이들에게 선물을 할 때조차 자기 판단대로만 선택하는 바람에, 아이들은 번번이 약간의 실망감도 함께 선물을 받아야 했다.

ⓐ 그의 집은 넓고 깨끗했다.

ⓑ 그의 집은 넓고 깨끗했다. 얼핏 손님을 맞기 위해 잘 정돈된 듯이 보이지만, 지나치게 잘 정돈되어 있어 손님 입장에서는 도리어 너무 조심스러워질 만큼 구석구석까지 반듯하게 정돈되어 있었다. 그러고 보면 얼핏 친절하고 예의 바르지만 그만큼 답답하고 깐깐한 그의 성격과도 닮았다.

세 경우 모두 ⓐ 문장이 ⓑ 단락의 주제문이다. 그럼에도 ⓐ와 ⓑ를 읽어 보면 상이한 내용, 상이한 리듬, 상이한 느낌, 상이한 인식임을 알 수 있다. 이렇게 하나의 단락마저도 압축·요약해 버리면 실제 내용이 증발·왜곡되어 버린다.

하물며 작품 하나를 한두 줄로 요약해서 기억한다는 것은, 사실은 왜곡해 놓았다는 것에 불과하다. 그런데 우리는 거의 모든 책을 이렇게 소비해 버리고 나서, 자신의 독서량을 자랑한다.

어떤 책도 한 번 읽고 나서 문장 그대로 기억할 수가 없다. 대충 그런 내용 그런 대목이 있었지, 싶을 뿐이다. 때문에 좋은 책은 다시 읽으면 다시 밑줄 긋고 싶은, 처음 읽는 듯한 문장이 새로 발견될 수밖에 없다.

결국 독서에서 제일 중요한 척도는, 몇 권의 책을 읽었느냐가 아니다. 매력적인 새로운 문장을 얼마나 받아들였냐이다.

소비적인 독서량은 새로 읽은 책의 권수로 체크할 수 있지만, 실질적인 독서량은 새로이 받아들인 문장의 개수와 강도로 체크해야 정확하다.

9.

사람은 생각하는 동물이다. 생각은 문장으로 만들어진다. 좋은 문장 하나를 익히는 것은, 좋은 생각 하나를 익히는 것이다. 좋은 책의 문장을 그대로 따라 써보는 것은 내 낡은 정신의 부품 하나를 좋은 부품으로 바꿔 놓는 것과 같다.

누워서 책을 읽다가 문장이 너무 좋아서 똑바로 일어나 앉아 정신을 차리고 읽어 본 경험이 누구나 있을 것이다. 하나의 좋은 문장은, 그 자체로 사람을 바로 앉게 만든다. 동시에 평범한 관습적 문장을 싫어하게 만든다. 나아가 더 좋은 문장을 찾아보게 만든다. 때문에 하나의 좋은 문장은 단지 좋은 문장 이상을 우리에게 선물한다.